समर गाथा

समर गाथा

नरेंद्र जैन

संपादक

प्रदीप पंडित • डॉ. पियूष जैन

ग्रंथ अकादमी, नई दिल्ली

प्रकाशक : **ग्रंथ अकादमी**
भवन संख्या-19, पहली मंजिल, 2, अंसारी रोड, दरियागंज, नई दिल्ली-110002
 / संस्करण : 2025 / पेपरबैक मूल्य : दो सौ पचास रुपए
मुद्रक : आर-टेक ऑफसेट प्रिंटर्स, दिल्ली ISBN 978-93-92013-35-5

SAMAR GATHA *by* Shri Narendra Jain ₹ 250.00 (PB)
Published by **GRANTH AKADEMI**
Building No. 19, First Floor, 2, Ansari Road, Daryaganj, New Delhi-110002

एक पुत्र के नाते
अपने पूज्य पिता **स्व. श्री नरेंद्र जैन जी** के
आलेखों को 'समर गाथा' पुस्तक के रूप में
प्रस्तुत करना मेरा परम सौभाग्य है।

यह पुस्तक
मैं अपनी पूज्य
माँ **स्व. श्रीमती शीला जैन जी** के
चरणों में समर्पित करता हूँ,
जिन्होंने जीवन के हर मोड़ पर मेरे पिता का साथ दिया
और गृहस्थ व सामाजिक जीवन का
अद्वितीय आदर्श स्थापित किया।

प्रस्तावना

वर्तमान में स्वाधीनता का अमृत महोत्सव पूरे देश में हर्षोल्लास से मनाया जा रहा है, विशेषकर देश की स्वाधीनता के लिए जिन्होंने अपना महत्त्वपूर्ण योगदान दिया, ऐसे सभी महान् नेताओं को और उन प्रसंगों का स्मरण किया जा रहा है। ऐसे समय में पूरा देश उन लोगों के बारे में जानना चाहता है कि वास्तव में हमें जो स्वाधीनता मिली, उसमें किन-किन लोगों का किस तरह से योगदान था। यह उत्सुकता का एक कारण भी है, क्योंकि स्वाधीनता के इतिहास को केवल कुछ लोगों या कुछ समय के जो आंदोलनों तक सीमित कर देते हैं, इससे शायद हम स्वाधीनता के उन सेनानियों के साथ न्याय नहीं कर पाएँगे। इसलिए कांग्रेस के सक्रियता के लगभग 50 वर्षों का जो काल है, उससे पिछले समय में जाना पड़ेगा, ताकि हम जान सकें कि कितने लंबे समय से आजादी के लिए प्रयास हुए। जो एक तरीके का आंदोलन हुआ, उसके साथ अन्य बहुत सारे लोगों ने विविध तरीके से देश की स्वाधीनता के लिए प्रयास किए और बलिदान दिए। वास्तव में अमृत महोत्सव का उचित उत्सव वही होगा, जब हम इन सब लोगों के जीवन को सभी तक पहुँचाएँ और उन्हीं के जीवन को उत्सव बना लें।

इस दृष्टि से देखने पर ज्येष्ठ पत्रकार श्री नरेंद्र जैनजी, जिनको लोग 'नंदाजी' के नाम से भी जानते हैं, के द्वारा प्रस्तुत लेखन में वर्ष 2007, जब देश 1857 स्वाधीनता संग्राम के 150 वर्ष मना रहा था, उस समय उन्होंने ऐसे कई सारे वीरों की कहानियों को अपनी लेखनी से 'नई दुनिया' नाम के अखबार में उजागर किया। भिंड के मूल निवासी, पश्चात् ग्वालियर में बसे नरेंद्रजी ने

सतत लेखन का कार्य किया। वैसे संयोग से उनसे कभी मेरा परिचय नहीं हो पाया, किंतु आज उनकी लेखनी को देखकर और उनके लेखों को देखकर ध्यान में आता है कि वे भी एक ऐसे अज्ञात वीर हैं, जिन्हें हम 'अनसंग हीरो' भी बोल सकते हैं, जिन्होंने ऐसे सब वीरों के बारे में हमें जानने का मौका दिया।

ऐसे बहुत सारे लोग हैं हमारे देश में, जिनके बारे में हम जानते नहीं हैं। स्वाधीनता आंदोलन में निश्चित रूप से अहिंसात्मक आंदोलन का एक महत्त्वपूर्ण योगदान था, परंतु क्रांतिकारी भी उतने ही महत्त्वपूर्ण थे। इसके अलावा जो अन्य कार्य हो रहे थे जीवन के हर क्षेत्र में, वे भी महत्त्वपूर्ण थे और उन्होंने प्रारंभ से ही अंग्रेजों के एक-एक कदम को रोकने के लिए बलिदान दिया। समाज के हर वर्ग ने उनके साथ संघर्ष किया। इसलिए वे चाहे शहर के लोग थे, गाँव के लोग थे, उत्तर के लोग थे, दक्षिण के लोग थे, जनजातीय लोग थे, जंगल में रहने वाले लोग, पहाड़ में रहने वाले, सबका बहुत बड़ा योगदान भारत की स्वाधीनता में था। भारत की स्वाधीनता की जो गाथा है, वह बहुत लंबी है और यह भाव हर एक भारतवासी के मन में आना आवश्यक है। तभी हम पूरे भारत को समझ सकते हैं और तभी हम इस स्वाधीनता की महत्ता को भी समझ सकते हैं। कई सारे ऐसे महान् लोग थे 1857 के संघर्ष में, रानी लक्ष्मीबाई के साथ झलकारी बाई भी थीं और अवध के नवाब के साथ अवध के राणा बेनीमाधव और बाँदा के नवाब भी थे। एक तरफ मंगल पांडे तो एक तरफ स्वाधीनता आंदोलन में हम सुभाषचंद्र बोस को भी देखते हैं। अंग्रेजों के साथ जुड़ी सेना को अपने साथ कर लेने का प्रयास मंगल पांडे ने 1857 में किया था। वह प्रेरणा समाप्त नहीं हुई थी, उसी प्रेरणा के साथ सुभाषचंद्र बोस ने दुनिया भर में अंग्रेजों की फौज में जो भारतीय सैनिक थे, उनको एकत्रित किया था। यह संयोग नहीं था, यह एक सतत प्रयास था स्वाधीनता के लिए भारतवासियों का। यह एक अक्षुण्ण धारा थी। इसलिए वे सारे जो महत्त्वपूर्ण पात्र हैं, 1857 स्वतंत्रता समर के और उसके पश्चात् के सारे लोग, वे सब हमारे लिए उतने ही श्रद्धेय और स्मरणीय हैं। उन सभी को पुनः-पुनः स्मरण करने का जो प्रयास नरेंद्र जैनजी ने अपने लेखों के द्वारा किया, वह

निश्चित रूप से हम सबके लिए प्रेरक है। उनके सुपुत्र श्री पीयूष जैनजी ने उन सभी लेखों को समाहित करते हुए इतने वर्षों के बाद पुनः स्वाधीनता के अमृत महोत्सव के निमित्त उनको पुस्तक के रूप में प्रकाशित करने का जो संकल्प लिया है, वह वास्तव में अभिनंदनीय है और उन्हें इस कार्य के लिए अन्य लोगों ने जो सहायता की है, वे सभी बधाई के पात्र हैं। पुनः एक बार शुभकामनाओं के साथ बहुत-बहुत बधाई।

—सुनील आंबेकर

राष्ट्रीय स्वयंसेवक संघ, अखिल भारतीय प्रचार प्रमुख

भूमिका

यह अत्यंत प्रसन्नता की बात है कि स्व. श्री नरेंद्र जैन (नंदाजी) के लेखों का दस्तावेजीकरण कर एक पुस्तक के स्वरूप में इसे 'समर गाथा' शीर्षक से प्रकाशित किया जा रहा है। नाम के अनुरूप इसमें स्वतंत्रता संग्राम के आंदोलन और उसमें शामिल तमाम ऐसे किरदारों के नाम तथा उनके काम को उजागर किया गया है, जिन्होंने भारतीय स्वाधीनता आंदोलन में अपना सर्वस्व न्योछावर किया, लेकिन वे गुमनाम ही रहे हैं। इस तरह यह पुस्तक भारतीय स्वतंत्रता आंदोलन के फलक को और भी ज्यादा विस्तार देगी और पाठकों तथा इस संबंध में शोध करने के आतुर लोगों को अनेक अनसुनी एवं अनकही नवीन सामग्री प्रदान करेगी। आजादी के अमृत महोत्सव काल में इसका प्रकाशन और भी उल्लेखनीय है, क्योंकि इस काल में यत्र-तत्र-सर्वत्र भारतीय स्वतंत्रता आंदोलन की ही चर्चा हो रही है और इसके माध्यम से पाठकों को अनेकानेक मर्मस्पर्शी घटनाक्रम, संपूर्ण त्याग और बलिदान की कहानियाँ तथा इस आंदोलन में ऐसे लोगों की हिस्सेदारी का दस्तावेजीकरण हो सकेगा, जो अब तक इससे वंचित रहे हैं। इन लेखों की भाषा इतनी सरस और शैली इतनी सहज है कि पाठकों को न केवल आकर्षित करती है, बल्कि उन्हें और जानने और पढ़ने के लिए प्रेरित भी करती है। यही नरेंद्रजी के लेखन की विशेषता थी।

नरेंद्र जैनजी का लेखन जितना सहज, सरल और सरस रहा है, उनका निजी जीवन भी पूरी तरह से उनके लेखन जैसा ही था। हालाँकि वे उम्र में मुझसे बड़े थे, लेकिन हम लोग आत्मीय मित्र थे। हम दोनों एक ही जिले भिंड से निकले। वे मौ कस्बे में जनमे, जो दुरूह अंचल में है, लेकिन वहाँ रहकर

ही उन्होंने राजनीति और समाज-सेवा के जरिए अपनी एक अलग पहचान बनाई—एक समर्पित और ईमानदार नेता की, जिसका मकसद सिर्फ लोगों की भलाई करना था। चंबल की खाँटी जातिवादी सियासत में संभव न होते हुए उन्होंने अपना एक अजातशत्रु जैसा मुकाम बनाया और बड़े हो या छोटे, सभी उन्हें प्यार करते थे और सम्मान देते थे। उनका नाम कोई नहीं लेता था, सब सम्मान से 'नंदाजी' ही कहकर पुकारते थे।

वे पढ़ने के शौकीन थे और सामाजिक, ऐतिहासिक और राजनीतिक विषयों को लेकर सदैव चिंतनशील रहते थे। अपनी बात तार्किक ढंग से रखते थे और अपने निजी जीवन में भी उन्होंने सादगी को अपनाया। साधन-संपन्न परिवार से होने के बावजूद सामान्य तौर पर वे पदयात्रा ही करते थे। अहं उनके जीवन में प्रवेश ही नहीं कर पाया था और ईमानदारी तथा सच बोलना उनकी विशेषता थी, ये सब बातें उन्हें विलक्षण बनाती थीं। एक बार मैंने ही उन्हें सलाह दी कि वे लेखन शुरू करें। बड़े आग्रह पर उन्होंने लिखना शुरू किया। हालाँकि वे विविध विषयों के मर्मज्ञ थे और सार्थक एवं ज्ञानवर्धक लेखन करते थे, लेकिन स्वाधीनता समर उनका पसंदीदा विषय था और वह इतना आकर्षक लिखते थे कि हमारे मित्र, भिंड में ही जनमे डॉ. राकेश पाठक, जो उस समय प्रतिष्ठित नई दुनिया समाचार-पत्र के संपादक थे, उन्होंने इन लेखों को श्रृंखला के रूप में नियमित प्रकाशित किया और यह पाठकों में खूब लोकप्रिय भी हुई।

मैं उनके सुपुत्रों और अन्य परिवारीजनों के प्रति कृतज्ञ हूँ कि उन्होंने नंदाजी के लेखों को पुस्तकाकार लाकर कालजयी बनाने का बीड़ा उठाया है, यह समाज के लिए अमूल्य धरोहर है, जो आजादी के अमृत महोत्सव में सौंपी गई है। मुझे पूरी उम्मीद है कि यह पुस्तक 'समर गाथा' भी पाठकों में वैसी ही लोकप्रिय होगी, जैसे उनके लेख होते थे और यह भी उम्मीद है कि आगे उनके शेष लेख भी पुस्तक के रूप में आएँगे, ताकि वे नई पीढ़ी तक पहुँच सकें।

—देव श्रीमाली

पत्रकार

अध्यक्ष, ग्रामीण पत्रकारिता विकास संस्थान, ग्वालियर

कथ्य

पुस्तक की जरूरत क्यों?

लब खुले, बाँहें फैलीं, खामोशी को तोड़ते शब्द और अहर्निश नदी की तरह बहते विचार एवं उनके समुच्चय का नाम 'समर गाथा'। यह सिर्फ एक विचार पर कदमताल करते स्वरों का कलरव नहीं, बल्कि अलग-अलग समय में उपजे विचारों का संकलन है। यह ताली बजाऊ संस्कृति के विरुद्ध सघन और विवेक उद्वेलन का आवश्यक जनमार्ग है। यह सिर्फ विभिन्न दिनों में लिखे गए पत्रकारीय आग्रह भर नहीं है, इसमें सच और अनुभव को व्यक्त करने का जरूरी सामर्थ्य भी है। इसमें गहराई और संश्लिष्टता है, बोधगम्यता है। यह अपने या उनके कथन की पैरवी में कहा गया गर्वित कथन नहीं है। मैंने अपने पिता 'नंदाजी' को जब-जब पढ़ा, विचार से व्यवहार में मुझे लगा 'नंदक नंदक कदंबक तरुवर धीरे-धीरे मुरली बजाऊँ'। यह वह केंद्रीभूत धारणा है, जिसने 'समर गाथा' को पुस्तकाकार लेने में मेरी मदद की। मुरली, घर-आँगन, वन-उपवन, मन-तन की नहीं, जीवन की अहर्निश गूँज का नाम है। आप भिज्ञ हैं कि प्राण का रूपांतर भाषा है, इसमें प्रवाह है, स्पर्श है। प्रवाह है, इसलिए गति है, स्पर्श है, इसीलिए संवाद भी है। मैंने जब-जब इन आलेखों को पढ़ा, इसमें तैरता रहा। मुझे लगा कि इसमें सामयिक दृष्टिबोध है, कहन है, कहन में जरूरी घनत्व है, फिर भी बहाव है। जैसे सभी नदियाँ सरस्वती हैं और सभी पहाड़ पुण्य। वैसे ही मैं लेखक की सरस्वती में डूबता-उतराता रहा, अब विचार आया कि इस पुण्य का भागीदार बनूँ।

भारतीय साहित्य कांट, कोचे, लुकाच, हीगेल की तरह सिर्फ कला नहीं,

कला की संयोजिका है। भारती ने कहा, 'वसंती ही प्रेम्णी गुणा न वस्तुषु', अर्थात् गुण वस्तु में नहीं होते। बिल्कुल इन मनोभावों को व्यक्त करती समर गाथा है। इसमें अनेक विषय हैं, दिनकर की तरह 'नंदाजी' मानते रहे हैं—"समर हारने से बढ़कर कोई पाप नहीं है।" यही वजह है कि वे जीवन को भी एक समर ही मानते थे। आप पाएँगे कि इसमें मंगल पांडे, गालिब, झलकारी बाई, मस्तानी बाजीराव, सुभाषचंद्र बोस, स्वामी पूर्णानंद पर आलेख हैं। यह भारतीय राष्ट्रवादिता की आधारशिला का ब्योरा है, देश और राष्ट्र को अलग करता हुआ। देश में सेना है, भूगोल है, संविधान है, लेकिन राष्ट्र चेतना का अभ्युदय है, उसकी कोई सीमा नहीं। इसलिए भारतीय मनीषियों की चेतना ने कहा 'सर्वे भवन्तु सुखिनः', इसमें महज देश और उनका भू-गोल नहीं, मनुष्य मात्र शामिल है। यह पुस्तक आपको अपने दृष्टिकोण का विकास करने में मदद करेगी। कृपा करेंगे कि इसके पात्रों को हिंदू-मुसलमान के चश्मे से नहीं, क्रांतिकारी के रूप में देखेंगे तो समय और समाज को समझने में मदद मिलेगी।

इसी अपेक्षा के साथ

—डॉ. पियूष जैन

अनुक्रम

तेज, बल और साहस की प्रतिमूर्ति वीरांगना झलकारीबाई

'रहिमन यह न सराहिए, लेन-देन की रीत।
प्रानन बाजी राखिए, हार होय कै जीत॥'

वीरांगना झलकारीबाई रहीम खानखाना की इन पंक्तियों की जीती-जागती उदाहरण थीं। झलकारीबाई अपनी स्वामी और सखा रानी लक्ष्मीबाई के विश्वास को अपने प्राणों की बाजी लगाकर बचाए रखने के लिए प्रतिबद्ध थीं। रानी लक्ष्मीबाई झलकारीबाई के प्राणों में दिल की मानिंद बसती थीं। यही कारण है कि उन्होंने रानी को सुरक्षित बने रहने के लिए हठपूर्वक प्राणों की बलि दे दी। वीरांगना झलकारीबाई आकृति और छवि में रानी के समरूप थीं। इसी समरूपता का लाभ उठाते हुए उन्होंने रानी को सकुशल अंग्रेजों के मोरचे से बाहर निकाल दिया और वे देश तथा रानी के वैभव को अक्षुण्ण बनाए रखने के लिए बलिदान दे गईं।

जब गद्दार दूल्हाजू और पीर अली की कारस्तानी से अंग्रेजी फौज झाँसी में ओरछा फाटक से प्रवेश कर गई, तब उन्होंने रानी से कहा, 'मैं भांडेरी फाटक के ठीक विपरीत दिशा में अंग्रेजों से युद्ध कर उन्हें अटकाए रखूँगी, तब तक आप भांडेरी फाटक से, जहाँ मेरे पति गोलंदाज पूरन और भाऊबख्शी और कोरी सेना पूरी तरह चौकस है, वहाँ से आपका निकल जाना निरापद रहेगा।' रानी इस तरह नहीं चाह रही थीं, पर झलकारी की जिद, झलकारीबाई को युद्ध में छोड़कर जाना, उन्हें रास नहीं आ रहा था, लेकिन झलकारी की जिद के पीछे

रानी की एक न चली। झलकारीबाई ने कहा कि इस समय हिंदुस्तान और झाँसी को आपकी बहुत जरूरत है। आप रहेंगी तो हिंदुस्तान की अंग्रेजों से लड़ाई में कामयाबी की गुंजाइश बनी रहेगी। जिस गेट पर पूरन और भाऊबख्शी अपना पहरा दे रहे थे, वहाँ से उन्होंने रानी को कालपी की ओर निकाल तो दिया, पर पूरन और बख्शी दोनों अंग्रेजों से मुठभेड़ में शहीद हो गए। जैसे ही रानी निकली वीरांगना झलकारीबाई को अपने पति की वीरगति का समाचार मिल गया फिर तो बिफरी सिंहनी की तरह रानी का वेश धरकर सोते में ही अंग्रेजों पर अपनी तलवार का ऐसा हाथ चलाया कि जब तक वे कुछ समझ पाते, तब तक तो अनेक गोरे गाजर-मूली की तरह काट दिए गए। आँखें मलता गोरा जब तक कुछ समझता, तब तक तो उसका सिर भुट्टे-सा उड़ जाता। गुस्से और नफरत से भरी झलकारीबाई के निशाने पर जनरल रोज भी था। पूरी अंग्रेजी फौज झलकारीबाई को उसके तेज और वेशभूषा से रानी ही समझ रही थी। चार घंटे लगातार युद्ध करने के बाद झलकारीबाई घायल हो गईं, तब अंग्रेजों ने उन्हें घेर लिया। एक अंग्रेज ने उनसे सवाल किया कि तुम कौन हो? उन्होंने निर्भीक हो उत्तर दिया, 'रानी।' सैनिक ने पूछा, 'कहाँ की रानी?' तब उन्होंने कड़ककर डाँटते हुए उससे कहा, 'झाँसी की रानी लक्ष्मीबाई को नहीं पहचानता?' सैनिक सहम गया, फिर वह झलकारीबाई को जनरल रोज के पास ले गया। जनरल रोज से भी झलकारीबाई ने सतेज और सगर्व फिर वही अपने संवाद दोहराए। पर जब उसे भरोसा नहीं हुआ, तब उसने गद्दार दुल्हाजू से सच्चाई जानना चाही। दूल्हाजू इतना कायर था कि वह झलकारीबाई के सामने न आ सका, उसने छुपकर बताया कि यह गोलंदाज पूरन कोरी की पत्नी है। उधर झलकारीबाई ने उसे देख लिया, अंग्रेजों की कैद में होते हुए भी जब उन्होंने तलवार का वार दूल्हाजू पर गालियाँ देते हुए करना चाहा, तब जनरल रोज से स्टुअर्ट ने कहा कि यह तो पागल है। तब जनरल ने स्टुअर्ट से कहा कि यह पागल नहीं, वफादार देशभक्त है। यदि एक प्रतिशत भी ऐसी नारियाँ हिंदुस्तान में हो गईं, तो हमें यहाँ से काला मुँह करना पड़ेगा। तुमने देखा नहीं कि किस चतुराई से अपने प्राणों को संकट में डालकर अपनी रानी को सुरक्षित

निकालकर हमें बेवकूफ बना दिया! ऐसी नारियाँ आदर योग्य हैं।

झलकारीबाई सैनिक पिता की बहादुर बेटी थी। उन्होंने तरुण होते-होते अपनी जान जोखिम में डालकर अनेक साहसी कारनामे, यथा—हिंस्र पशुओं को पछाड़ना, डाकुओं से मुकाबला कर अपनी सहेलियों और उनके जेवर बचाते हुए उन्हें मार भगाना। जब वे यौवन में प्रवेश कर रही थीं, तब भी एक घटना हुई, जो उनके बहादुर मिजाज को जाहिर करती है—वे अपनी रिश्तेदार और सखियों के साथ अपने गाँव के समीप लगे मेले में घूमने गईं, तब सब तरुणियों और महिलाओं ने चूड़ियों की दुकान पर चूड़ियाँ पहनाने के लिए चूड़ीवाले से कहा। वीरांगना झलकारीबाई ने चूड़ीवाले से सबसे अलग कहा कि 'लोहे की चूड़ी हो तो पहनाओ, ये काँच की तो टूटती ही रहेंगी।' इसी तरह जब वे तरुण ही थीं, तब उनके गाँव में डाकुओं ने मुखिया के घर को घेरकर उन पर हमला कर दिया। मुखिया का चीत्कार सुन तुरंत उनकी सहायता के लिए पहुँचकर उनकी प्राण-रक्षा की एवं डाकुओं को भागने पर मजबूर कर दिया। वे शैशव से ही बहादुर थीं, डर उन्हें छू भी नहीं गया था। यही निर्भीकता रानी लक्ष्मीबाई और वीरांगना झलकारीबाई का परस्पर स्नेह का कारण थी। रानी लक्ष्मीबाई जब महाराज गंगाधर राव से विवाह होकर झाँसी आईं, तभी किले में शिवजी की पूजा के अवसर पर दोनों की मुलाकात हुई। रानी ने झलकारीबाई की देहयष्टि और निर्भीक स्वभाव देखकर उन्हें अपने साथ रखने की इच्छा व्यक्त की, जिसे झलकारीबाई ने अपना गौरव मानकर सहर्ष स्वीकार कर लिया। रानी ने भी उनसे कहा कि 'तुम मेरी सेवक नहीं, सखी हो। मेरी रक्षा का भार तुम्हारे ऊपर है।' झलकारीबाई भी अपने कौल की पक्की निकलीं। उन्होंने प्राण देकर रानी को सुरक्षा दी।

ऐसे अनुपम उदाहरण हमारे इतिहास को सोने की भाँति चमकाते हैं। झलकारीबाई ने पति सहित रानी और झाँसी की रक्षा में प्राण देकर उच्चतम आदर्श प्रस्तुत किया है। 150 वर्ष बाद भी नवंबर 1830 को पैदा हुई झलकारीबाई का भारत अब भी उनका ऋणी है। 4 अप्रैल, 1858 को शहीद हो गईं।

□

11 मई, 1857 को दिल्ली का आजाद होना!

इस खेल में जान का सौदा,
जान का सौदा खेल नहीं।
आगाज-ए-तमन्ना कुछ भी सही,
अंजाम-ए-तमन्ना खेल नहीं॥

मेरठ की देशभक्त, तेजस्वी नारियों के 85 सिपाहियों के कोर्ट मार्शल के बाद शाम को बाजार में घूम रहे साथियों पर तीक्ष्ण व्यंग्य बाण कि 'तुम्हारे साथी जेल में हैं और तुम यहाँ मक्खियाँ मारते हुए घूम रहे हो', इसका ऐसा भयंकर असर हुआ कि 31 मई की तय तारीख तो दूर, अब उनसे एक पल भी बरदाश्त करना मुश्किल हो गया। यह 9 मई की बात है, तुरंत दिल्ली खबर रवाना कर दी—'हम 11 अथवा 12 मई को आते हैं, आप तैयार रहना। अपने 85 साथियों की बेड़ियाँ काट फेंको और मारो फिरंगियों को', का ऐसा तुमुलनाद किया कि आकाश दहल उठा। कर्नल फिनिसने ने बगावत का शोर सुनकर आदत मुताबिक डाँटते हुए कहा कि क्या मामला है ? पर अब सूरत बिल्कुल बदल चुकी थी। आज्ञा का पालन नहीं हुआ, एक देशभक्त सिपाही ने गोली दागकर उनकी इहलीला समाप्त कर दी। अब उत्साह जुनून में बदल गया। पलटन के तो गोरे ढूँढ़-ढूँढ़कर मारे ही गए, शहर में भी जहाँ गोरा दिखा, मार दिया गया। अंग्रेजों के बँगले, होटल, ऑफिस, सभी आग की भेंट चढ़ा दिए गए। बस, एक ही सदा गूँज रही थी—'मारो फिरंगी को!' जान बचाने

को वे जल्लाद गोरे कहीं अस्तबल में, तो कहीं सेवकों और रसोइयों के पैरों में सिर रगड़-रगड़कर रहम की भीख माँग रहे थे। कमिश्नर ग्रीदेड रसोइए की रहमदिली से भागने में कामयाब हो पाया। लेफ्टिनेंट टैंपलर, कैप्टन टेलर, कैप्टन मैकडोनाल्ड, लेफ्टिनेंट हेडरसन, लेफ्टिनेंट पेंट मार डाले गए। जो देखो, सो अंग्रेजों के कत्लोगारत में लगा हुआ था।

10 मई की रात होते ही इनकलाबी सिपाहियों का जुनूनी जत्था 'चलो दिल्ली' का नारा लगाते हुए दिल्ली को रवाना हुआ। 2000 की तादाद का यह हुजूम 32 मील की दूरी तय कर 11 मई को सवेरे 8 बजे यमुना से लग गया। दिल्ली में कर्नल रिप्ले आसन्न आपदा देखते हुए, अपने सिपाहियों में राजभक्ति का संचार करते हुए, व्याख्यान देने लगा। सिपाही प्रमुदित मन थे। उन्हें भी मनोवांछित लक्षण लगने लगे थे, उनमें से एक बोला कि कहाँ है दुश्मन? रिप्ले खुश हुआ, उसने मार्च करने का हुक्म दिया। सामना होने पर नजारा ही दूसरा था। उधर मेरठ के मर्दाने दिल्ली के दरवाजे तोड़ते हुए 'दीन-दीन' और 'हर-हर महादेव' के नारे लगाते हुए दिल्ली में आमद दे रहे थे, इधर कर्नल रिप्ले सिपाही उसका गुमान तोड़ते हुए अपने हमवतनों के गले मिल रहे थे। रिप्ले ताज्जुब जाहिर करना चाहता ही था कि किसी मरजीवड़े की गोली ने उसका काम तमाम कर दिया। अब तो सब मिलकर अंग्रेजों पर टूट पड़े और जो जहाँ मिला, मार दिया गया। मेरठ के सिपाहियों के अंदर पहुँचते-पहुँचते अंग्रेजों के बँगले जलाए जा चुके थे। अंग्रेजों ने अपने उस अस्पताल में पनाह ले रखी थी, जहाँ हिंदुस्तानियों के लिए इलाज नहीं था। आजादी के दीवानों ने उसे नेस्तनाबूद कर दिया। हिंदुस्तानी सिपाही गोरों के सिर अपने भालों के सिरों पर लटकाए घूम रहे थे। वे सब धूम मचाते हुए लाल किले पहुँचे। बूढ़े कमजोर, थके-हारे बादशाह बहादुरशाह जफर को 21 तोपों की सलामी दी गई और सबने एक राय होकर कहा कि आप हमारी बागडोर सँभालें। मुफलिसी और जईफी बादशाह को झिझकने पर मजबूर कर रही थी। वे कह रहे थे कि हम पर तो कुछ भी नहीं है, रसद, पानी और तनख्वाह कहाँ से देंगे? सबने कहा कि पूरे देश के अंग्रेजों के खजाने कब्जे में लेकर आपके कदमों में डाल

देंगे। बादशाह राजी हुए और उनके हरे झंडे के नीचे हिंदुस्तान की आजादी का बिगुल फूँका गया। सारे हिंदुस्तान पर इसका भारी असर पड़ा, क्योंकि बादशाह का देश में अभी भी बहुत अदब था।

अब दिल्ली आजाद थी। बैंक, चर्च, होटल, ऑफिस सब तबाह कर दिए गए। सिपाहियों के निशाने पर मैगजीन थीं, सैकड़ों मन गोला-बारूद भरा पड़ा था। मैगजीन की हिफाजत में 9 अंग्रेज और 25 देसी सिपाही थे। अंग्रेजों ने उनकी ताब नहीं मानी और अंग्रेजों ने मैगजीन को खुद आग के हवाले कर दिया। हजार तोपों के चलने जैसी आवाज से दिल्ली हिल गई। आसपास के लगभग 300 लोग टुकड़े-टुकड़े होकर उड़ गए। शस्त्रागार की बंदूकें इनकलाबियों के कब्जे में आईं, एक-एक को चार-चार बंदूकें मिलीं।

मेरठ से आए बागी सिपाहियों का दिल्ली के मुसलमान और हिंदुओं ने खुले दिल से इस्तकबाल किया तथा बताशों और शरबत से मुँह मीठे किए गए। दिल्ली में अंग्रेजों का झंडा तो दूर की बात, उनका कोई निशान बाकी नहीं रहा। पाँचवें दिन एक ऐसा हैरतअंगेज कारनामा हुआ कि अंग्रेजों की रूह काँप गई। 16 मई को 50 अंग्रेजों को कतार में खड़ा कर उनके सिर कलम कर दिए गए। जनता 'मेरठ का बदला लो' के नारे लगा रहे थे। 20 तारीख को अलीगढ़ पर भी कब्जा कर लिया गया। एक खास बात काबिल-ए-गौर है कि अंग्रेजों की औरतों से बलात्कार की अफवाहें फैलाई गईं। इसके जवाब में किसी हिंदुस्तानी ने नहीं, बल्कि अंग्रेजों के खुफिया विभाग के सर विलियम म्यूर ने खुलासा करते हुए कहा था कि चाहे जितना जुल्म और खून-खराबा हुआ हो, पर जो किस्से औरतों की बेइज्जती के फैलाए गए थे, वह सब जहाँ तक मैंने देखा और तहकीकात में, बेबुनियाद पाए गए। अब उत्तर भारत में आजादी की फैली बयार के बारे में आगे बात करेंगे।

□

स्वाधीनता के क्रांतिकारी विचारक स्वामी विरजानंद

भारत माँ के अनेक यशस्वी महापुरुषों में स्वामी विरजानंद की बात ही कुछ और है। नाबीना (अंधे) स्वामी विरजानंद के प्रताप की चर्चा करते हुए उनके समय के ही मीर मुश्ताक मिरासी ने उनका जिक्र किया है। उसे पढ़कर स्वामीजी की उत्कट देशभक्ति पर आज भी न्योछावर होने का मन करता है। उनके प्रति श्रद्धा का वेग सहज छलकता है। संन्यासी वेश और अंधे होने पर भी उन्होंने जिस निर्भीक पराक्रम और पौरुष का परिचय दिया है, इतिहास में वह सदैव आदरपूर्वक स्मरणीय रहेगा।

1856 में मथुरा के पास जंगल में आजादी के दीवानों की एक पंचायत जालिम अंग्रेजों की हुकूमत के खिलाफ हुई। मीर मुश्ताक मिरासी ने, जिन्हें उस सभा में शामिल होने का मौका हासिल हुआ था, उन्होंने अपने को खुशकिस्मत मानते हुए, उस समय का जिक्र किया है—'जब महात्मा विरजानंद को पालकी में बिठाकर लाया गया, उस वक्त हिंदू-मुसलमान, साधुओं और फकीरों ने उनके आने की खुशी में शंख, घड़ियाल, नागफड़ी, नगाड़े, तुरही और रणसिंगें बजाए थे और खुदापरस्ती व वतनपरस्ती के गीत गाए थे। वे नावीना साधु गैर-इल्म के समझने की ताकत रखते थे और खुदा का जलवा जलाल उनकी जुवान से जाहिर होता था। मैंने भी अपनी रूह के तकाजे के मुताबिक 5 फूल इनके सामने पेश करते हुए उनकी कदमबोशी की और खुदा से दुआ माँगी कि खुदा ऐसी नेक को खलकत (सृष्टि) की

भलाई के लिए हमेशा पैदा कीजिए।' मीर मुश्ताक मीरासी ने लिखा है कि पंचायत चार दिन चली। एक दिन सबकी आपस में एक-दूसरे से भेंट कराई गई; एक दिन आदम से लेकर हजरत मोहम्मद तक सुआने-उमरी (जीवन-चरित) सुनाई गई; एक दिन रामकृष्ण, बुद्ध और महावीर आदि पर भाषण हुए और एक दिन स्वामी विरजानंद तथा साईं मियाँ, महमूदन शाह के व्याख्यान हुए। इस पंचायत में तब के महाविद्रोह के अग्रगण्य नायक नाना साहब, अजीमुल्लाह और बादशाह बहादुरशाह जफर के एक शहजादे भी शामिल हुए।

मीर मुश्ताक मिरासी ने स्वामी विरजानंद के अद्भुत भाषण को अपनी जुबान में बयान किया है—'आजादी जन्नत है और गुलामी दोजख (नरक), अपने मुल्क की हुकूमत गैर-मुल्क की हुकूमत के मुकाबले में हजार दरजे बेहतर है। दूसरों की गुलामी हमेशा बेइज्जती और बेशर्मी का बायस (कारण) है। हमें किसी कौम से, किसी मुल्क से कोई नफरत नहीं है, हम तो खलके वहबूदे (ईश्वर की सृष्टि की भलाई) के लिए रोज खुदा से हुआ माँगते हैं, मगर हुक्मरान कौम, खासकर फिरंगी (शासक अंग्रेज) जिस मुल्क में हुकूमत है, उस मुल्क के बाशिंदों के साथ इनसानियत का बरताव नहीं करते हैं और कितनी ही अच्छाई की तारीफ करें, मगर उस मुल्क के बाशिंदों के साथ मवेशियों (पशुओं) से गिरा हुआ बरताव करते हैं। खुदा है, मगर गैर-मुल्की हुक्मरान कौम इन्हें भाई न समझकर गुलाम समझती है। किसी भी मजहब की पुस्तक में ऐसा हुकूम नहीं है कि अशफुल खलूकात (सृष्टि के प्राणियों में सर्वश्रेष्ठ प्राणी मानव) के साथ दगा की जाए और अल्लाह के हुकूम के खिलाफ वरजी (आज्ञा की अवेहलना) की जाए। इस वास्ते मातहत (अधीन) लोगों का न कोई ईमान है, न कोई उनकी शान है। फिरंगियों में बहुत सी अच्छी बात हैं, मगर सियासी (राजनीतिक) मसले में आकर वे अपने कौलफैल (वचन) न समझकर फौरन बदल जाते हैं। हमारी अच्छाई और नेक सलाह को फौरन ठुकरा देते हैं। इसकी असल बजूहात (कारण) यह है कि हमारे मुल्क को वे अपना वतन नहीं समझते हैं। हमारे मुल्क का बच्चा-बच्चा

उनकी खैर-ख्वाही (शुभेच्छा) का दम भरे, फिर भी अपने वतन के कुत्ते को हमारे इनसान से अच्छा समझते हैं।

'इन्हें अपने ही वतन से मोहब्बत है, इसलिए मैं सब बाशिंदगाने हिंद से इल्तजा (निवेदन) करता हूँ कि जितना वे अपने मजहब से मोहब्बत करते हैं, उतना ही इस मुल्क के इनसान का फर्ज है, वह वतनपरस्त बने और मुल्क के हर बाशिंदे को भाई-भाई जैसी मोहब्बत करे। तब तुम्हारे दिलों के अंदर वतनपरस्ती आ जाएगी तो इस मुल्क को गुलामी यहाँ से खुद-ब-खुद जुदा हो जाएगी। हिंद के रहनेवाले सब आपस में हिंदी भाई हैं! बहादुरशाह जफर हमारे शहंशाह हैं।'

यह इबारत मिरासी के लिखे की हुबहू नकल है। आज 150 वर्ष बाद भी हमें अपने पूर्वजों की साहस भरी देशभक्ति पर अभिमान होता है। उस जमाने में हमारे पूर्वज सबसे प्रथम देश को रखते थे और मजहब उसके बाद अलग-अलग मजहब और कौम के नेता भी मुल्क के आगे अपने भाईचारे पर मरने-मिटने के लिए तैयार रहते थे। महात्मा विरजानंद स्वामी दयानंद सरस्वती के गुरु थे और स्वामी पूर्णानंद, जो विरजानंद के गुरु थे, उनकी भी भारतमाता के प्रति भक्ति अगाध थी। उन्होंने ही स्वामी दयानंद को प्रेरित किया था तभी दयानंद ने स्वामी विरजानंद को अपना गुरु बनाया।

□

प्राण भले चले गए, देश-धर्म नहीं छोड़ा

वहशीपन की हदें पार कर दरिंदगी की यह नजीर उन ईसाइयों की है, जो अपनी ईसाइयत की करुणा के सागर में गोते लगाने के लिए दुनिया भर के इनसानों को मिश्री पगे शब्दों से हमेशा से न्योता देते आ रहे हैं।

वैसे तो 1857 का स्वातंत्र्य समर उनके वहशीपन के कारनामे से भरा पड़ा है। 5 वर्ष के बच्चों से लेकर कब्र में पैर लटकाए बैठे 80 वर्ष के कमजोर बूढ़े भी दुश्मन के नाम पर बेरहमी से मौत के घाट उतारे गए। यही क्यों, महिलाएँ और अशक्य भी उनके अत्याचारों से नहीं बच पाए।

पर प्रस्तुत उदाहरणों की तो दुनिया में शायद ही कोई बराबरी मिल पाए। 25 नवंबर, 1857 को मेरठ के पास धौलाना पर जब अंग्रेजों ने फिर से कब्जा कर लिया तो उन्होंने सबसे पहले उनकी तलाश की, जो उनकी निगाह में बागी और देश के स्वतंत्रता सेनानी थे। ढूँढ़-ढूँढ़कर 14 वीर सेनानियों को पकड़कर मौत के घाट उतार दिया गया; पर बात इतनी सी नहीं है, उन सबको पैठ के चबूतरे पर लाया गया, फिर पीपल के पेड़ से खौलते गरम पानी में गिराया गया। शरीर पर फफोले पड़ गए, फिर उन फफोलों को फोड़ा गया और उनमें नमक भरकर उन्हें हृदयविदारक पीड़ा दी गई। जब उनकी पीड़ा से भरपूर आनंद उठा लिया गया, तब इन सबको उसी पीपल के पेड़ पर लटकाकर फाँसी दे दी गई।

बात अभी भी खत्म नहीं हुई, गाँव-गाँव से ढूँढ़कर 14 कुत्ते लाए गए

और उन्हें भी इसलिए फाँसी पर लटकाया गया, ताकि हिंदुस्तान को बताया जाए कि हम ऐसे ही कुत्तों की मौत मारेंगे, यदि हमारी हुकूमत से लोहा लेने की जुर्रत करेंगे! और फिर उन कुत्तों को भी उन वीर सेनानियों के साथ दफना दिया गया। यह सब कौतुक हिंदुस्तान को खौफजदा करने के लिए किया गया।

हिंदुस्तानी जाँबाज बहादुर नौजवान इस मंजर से खौफजदा नहीं, उन्होंने, जिसमें साठा चौरासी के लोग हुए, बल्कि यह सब जानने के बाद शामिल थे, मिलकर धौलाना का थाना जला दिया और अंग्रेजों को मार भगाया।

यह 14 शहीद थे—लाला झनकूमल, बजीर सिंह चौहान, साहब सिंह, सुमेर सिंह, किड्डा सिंह, चंदन सिंह, मक्खन सिंह, जिया सिंह, दुर्गा सिंह, दौलत सिंह, जीराज सिंह दलेल सिंह, महाराज सिंह, मसाहब सिंह। राजपूत तो समर में जाते ही है, पर इनमें एक लाला झुनकूमल भी थे, जो व्यापार करते थे। अंग्रेजों ने जब उनसे पूछा कि और तो सब ठीक है, पर यह समझ में नहीं आया कि तुम राजपूतों के फेर में कैसे आ गए? तब लालाजी का निर्भय उत्तर था, 'जालिम गोरो, तुमने हमारी मातृभूमि पर अपने पाँव रखकर उसका जो अपमान किया है, तब हम सबका फर्ज बन जाता है कि हम भी अपनी मातृभूमि पर जान होम कर उसका ऋण उतारें।'

सचमुच यह स्तुत्य प्रसंग हमें अपने यशस्वी पूर्वजों के अपूर्व बलिदान से राष्ट्रभक्ति की प्रेरणा देता है।

ऐसा ही एक उदाहरण और है जो निर्लज्ज निर्ममता का घिनौना रूप है। मौत पर आदमी कैसे नाचता है, इससे सहज पता चलता है। एक ब्रिटिश अधिकारी ने अपने इलाहाबाद के क्रियाकलापों के बारे में अपना तजुरबा ऐसे बयान किया—'हाँ, यह प्रवास तो मुझे बहुत ही रुचिकर लगा, जब सिख सैनिकों के साथ फ्युजिलियर्स सिपाही नगर पर आक्रमण करने गए तो हम अपनी बंदूकों सहित जहाजों पर सवार हुए जहाज चल रहा था और हम अपने आजू-बाजू तटों पर गोलियों की बौछार करते आगे बढ़ रहे थे। एक जगह रुकना पड़ा तो हम गोलियाँ दागते हुए ही उतरे, मेरी दुनाली बंदूक से

बरसती गोलियों के शिकार अनेक काले लोग बन रहे थे। मैं बदला लेने के लिए उन्मादी होता जा रहा था। लगातार गोली दागने के कारण चलती हवा के जोर से आग भी भड़क गई। हमें बदला लेने का पूरा आनंद मिल रहा था। इस तरह गाँव के गाँव अग्नि की भेंट चढ़ रहे थे। जिन मक्कारों ने सरकार और अफसरों के साथ बेअदबी की थी, उनकी जाँच हेतु जिस कमेटी का गठन किया गया था, मैं उसका अध्यक्ष था। हमारा काम था, प्रतिदिन 8–10 लोगों को फँसाकर उन पर दंड पारित करना और दंड था, सिर्फ फाँसी। मैं दावे के साथ कह सकता हूँ कि मैंने रत्ती भर भी किसी के लिए दया का भाव नहीं रखा। दंड देने का भी अपना एक ढंग था। उसके गले में फाँसी का फंदा डाला और पेड़ से बाँधा, इधर गाड़ी पर चढ़कर गाड़ी चला दी और मृतदेह पेड़ से झूल गई।' यह नमूने उस हैवानियत के हैं, जो हमारे आजादी की पहली जंग के वीर सेनानियों ने झेले थे। प्राण भले ही चले गए, पर उन्होंने राष्ट्र-धर्म नहीं छोड़ा।

□

प्रथम शहीद मंगल पांडे

बलिया के मंगल पांडे हमारे स्वतंत्रता संग्राम के सबसे पहले अपूर्व नायक थे। उन्होंने अपने शौर्य और बलिदान से सारे हिंदुस्तान में एक ऐसी चिंगारी को हवा दी कि आखिर ठीक 90 वर्ष बाद छल-कपट से हिंदुस्तान हासिल करनेवाले अंग्रेजों को काला मुँह करना ही पड़ा।

अपूर्व तेज से भरे मंगल पांडे ने 29 मार्च, 1857 को हिंदुस्तान के अपमान का ऐसा भीषण प्रतिकार किया कि अंग्रेज भौचक्के रह गए। 19वीं पलटन के मंगल पांडे ने असीम साहस के साथ अंग्रेजों के बंदी बनाए जाने के आदेश पर तुरंत अपनी बंदूक से गोली छोड़ दी। एक सैनिक अधिकारी क्षणभर में धराशायी हो गया। इतने में ही लेफ्टिनेंट बॉव्ह भी वहाँ गड़बड़ी देख घोड़े पर चढ़कर मंगल पांडे की ओर लपका। मंगल पांडे ने उस पर भी गोली दाग दी। लेफ्टिनेंट बच निकला और बॉव्ह ने फिर पांडे पर पिस्तौल से निशाना साधा। पांडे भी चौकन्ने थे। उन्होंने तलवार के एक ही भीषण प्रहार से उसे परलोक पहुँचा दिया। तभी कर्नल व्हीलर आ धमका। उसने मंगल पांडे को बंदी बना लेने का आदेश दिया। सभी भारतीय सैनिक एक स्वर में बोल उठे, 'हम मंगल पांडे से किसी को हाथ नहीं लगाने देंगे।' अपने बंधुओं का रक्त और सैनिकों की घोर अवज्ञा देख, व्हीलर तुरंत मौके से भाग निकला। तभी कर्नल हिअर्सी यूरोपियन सैनिकों को लेकर मंगल पांडे की ओर बढ़ा। मंगल पांडे ने दुश्मन के हाथों मरने के बजाय खुद अपनी गोली से मरना उचित समझते हुए खुद को गोली मार ली, पर उनकी मौत न हुई। अस्पताल में भरती कराए जाने पर इलाज के दौरान उनके साथ षड्यंत्र में शामिल और लोगों के नाम उन्हें भारी खौफ

दिखाते हुए पूछे जाने पर उन्होंने अद्भुत संयम और वीरता का परिचय देते हुए किसी साथी का नाम नहीं बताया और आखिर वीरवार को मंगल पांडे को फाँसी दे दी गई और यहीं से अंग्रेजों ने अपनी रुखसती की बुनियाद डाल दी।

यह बलिदान राष्ट्रभक्ति का उद्गम स्रोत बना। अंग्रेज भले ही इसे 'सिपाही विद्रोह' कहकर इस अध्याय को लघुत्तम बताने की कोशिश करें, पर यह उनके वापसी के इंतजाम का आईना था। 31 मई समूचे भारत में एक साथ बगावत का बिगुल फूँकने को तय हुई थी। नाना साहब पेशवा जैसे अनेक धुरंधरों की पुख्ता रणनीति का आगाज इसी दिन होना था, पर मंगल पांडे जैसे अनेक उद्दाम वीर, भारत और भारतीयों का असहनीय अपमान और न झेल पाए। परिणामस्वरूप इस संग्राम को जो रूप मिलना चाहिए था, वह न मिल सका। फिर भी ऐसा भीषण संग्राम हुआ कि अंग्रेज थरथर काँप गए। ईस्ट इंडिया कंपनी का राज्य अंग्रेजों की मल्लिका के हाथ में आ गया।

इस महासंग्राम को महज 'सिपाही विद्रोह' और कारतूसों की वजह से उठे असंतोष की चिनगारी में बाँधकर नहीं रखा जा सकता, जैसीकि अंग्रेजों की कोशिश थी। कारतूसों के चरबी के खोल पर चार्ल्स बालत 'इंडियन म्यूटिनी' में अंग्रेज लेखक ने लिखा है कि कारतूसों का भय तो एक बहाना मात्र ही था। जिन कारतूसों की टोपी दाँत से तोड़ने पर अपने धर्म से च्युत होने का भय दिखाया जा रहा था, हमसे युद्ध करते समय वही सिपाही, वही कारतूस हम पर चलाने में संकोच नहीं करते थे। इस संदर्भ में कुछ अकाट्य तथ्य और भी हैं। (एक) इस खुली बगावत के बाद अंग्रेजी हुकूमत दिल्ली में ताश के पत्ते की तरह ढह गई। (दो) देखते-ही-देखते इस विद्रोह में एक लाख सैंतीस हजार फौज में से सात हजार सात सौ छियानवे सिपाही मात्र बचे, बकाया अब विद्रोही हो गए। (तीन) अंग्रेजी साम्राज्य के दैत्य से लोहा लेने में जो हजारों मन गोला-बारूद, लोहा कहाँ से आया होगा और किसने ढाला होगा, यह सब महासंग्राम की गवाही देते हैं।

मंगल पांडे की शहादत ने भारत के कोन-कोने में बगावत की आग भड़का दी। 6 मई को मेरठ में कुछ अंग्रेजों ने देशी सिपाहियों की चरबी के

कारतूसों पर फिर परीक्षा लेनी चाही। 90 सिपाहियों में से इन कारतूसों को केवल 5 ने ही इस्तेमाल के लिए लिया। 85 ने साहसपूर्वक इनकार कर दिया। उन 85 को 10 वर्ष का कठोर कारावास दिया गया। इसी टुकड़ी के कुछ सिपाही बाजार में थे। इन्हें देखते ही अंग्रेजी राज को, दुश्मन माननेवाली महिलाओं ने तानाकशी करते हुए कहा कि 'तुम्हारे भाई जेलों में हैं और तुम यहाँ मक्खियाँ मारते हुए घूम रहे हो, तुम्हें सौ-सौ बार धिक्कार!' इन सैनिकों का बाहर निकलना दुश्वार हो गया और आखिर 31 मई तक का इंतजार न हो पाया और 10 मई को लावा फूट ही पड़ा और वे सिपाही दिल्ली की तरफ चल पड़े। 11 मई को सवेरे 8 बजे दिल्ली पहुँचकर उन्होंने 'बादशाह की जय और अंग्रेज राज्य का क्षय' का उद्घोष किया। दिल्ली और मेरठ के सिपाहियों ने अंग्रेज सैनिकों को मार भगाया। दिल्ली के बैंकों पर कब्जा कर लिया और बगावत का सिलसिला चल निकला।

एक तो 1857 के असफल क्रांति के कारण सहमे भारतीय साहित्यकार इसे महिमामंडित नहीं कर पाए। वहीं अंग्रेजों की हुकूमत बनी रहने के कारण इतिहास और साहित्य उनकी मरजी से लिखा जा रहा था।

फिर भी तब के महान् साम्यवादी विचारक कार्ल मार्क्स और उसके बाद वीर सावरकर ने इसे 'अपूर्व स्वतंत्रता संग्राम' निरूपित किया।

□

अंग्रेजों की सितमगरी के किस्से

सुनिश्चित तिथि के पूर्व विद्रोह की चिनगारी फूट पड़ने से तुरंत तो अंग्रेजों का खात्मा-सा और क्रांतिकारियों की विजय दुंदुभी बजती अनुभव हुई। दिल्ली समेत लगभग सारा उत्तर भारत इनकलाबियों के हाथ लगा, पर यह खुशी बहुत कम उम्र की थी। अंग्रेजों को समय रहते सँभलने का मौका तो मिला ही, अपनी अनपेक्षित दुर्गति का भीषण प्रतिशोध लेने का भी मौका हाथ लगा। 'हिस्टरी ऑफ द म्यूटिनी' हालाँकि वह 'म्यूटिनी' नहीं 'रिवोक्युशन' था, फिर भी उसके पृष्ठ 363 पर घोर अमानवीय अत्याचार की एक बानगी मिलती है। यह पुस्तक 'होम्स' ने लिखी है। उन्होंने लिखा है—हथियारों का परित्याग कर देने पर विवश होना पड़ेगा। इस वास्तविक भय के कारण पलायन करनेवाले कुछ सैनिक अजनाला के पास एक स्थान पर छिप गए थे। इन 282 सिपाहियों को कूपर द्वारा बंदी बनाकर लाया गया था। इन्हें कहाँ रखा जाए, इनका क्या किया जाए, कैसे चौकसी होगी, इन सब बातों के उत्तर उसके दिमाग ने ऐसे निकाले कि जल्लाद भी दहल जाए! इनकलाबियों के मन में आंतक पैदा करने के लिए उसने उन सबको एक साथ प्राण दंड देने का निश्चय कर लिया। योजनानुसार 10-10 सैनिकों को कतार में खड़ा कर सिख सिपाहियों से उन पर गोलियाँ चलवाई गईं। 216 तो शहीद कर दिए गए, पर 66 एक अंधी काल-कोठरी में बंद कर दिए गए थे। यह कोठरी एक गुंबदनुमा थी। बहुत तंग और दरवाजे चारों तरफ से बंद थे। जब उन्हें बाहर निकाला गया तो 45 तो निष्प्राण हो चुके थे और 21 बाकी बचे। उन्हें भी गोली मारकर धराशायी कर दिया गया। यह वाकया 1 अगस्त, 1857 का है। ईसा मसीह के

करुणा धर्म का अट्टहासपूर्वक किए गए उल्लंघन पर रॉबर्ट माउंट गुमरी ने भी इस हैवानियत पर अपनी मोहर लगाते हुए कूपर के इस कार्य को उचित बताते हुए कहा कि और पलटनों में बगावत रोकने के लिए यह जरूरी था। गोलियों से मरनेवालों में ज्यादातर हिंदू थे। उन्होंने सिख सिपाहियों को मरते समय गंगाजी की दुहाई देते हुए लानत मलामत की थी।

कूपर के सामने अब एक मुश्किल थी, इन 288 लाशों के दफन-कफन की। थाने के करीब 100 गज के फासले पर एक गहरा कुआँ था। मेहतरों से घसिटवा-घसिटवा कर सब लाशें उस कुएँ में डलवा दी गईं, फिर कुएँ को मिट्टी से भरवा दिया गया। उसके ऊपर मिट्टी का बहुत ऊँचा ढेर लगा दिया गया। बड़े गरूर के साथ कूपर ने लिखा कि 'एक कुआँ कानपुर में है तो एक अजनाले में भी।'

हैवान भी जो न कर सके, वह इन मगरूर गोरों ने अंजाम दिया। जनरल हेवलॉक ने अपने अफसर की मौत के इंतकाम में हिंदुस्तानियों के गिरोह-के-गिरोह फाँसी पर चढ़ा दिए। मौत के वक्त कुछ इनकलाबियों ने जिस तरह दिली सुकून और अपने बरताव में शराफत दिखलाई, वह उन वीरों के ही बस की बात थी, जो उसूल के नाम पर शहीद होते हैं। एक मिसाल देते हुए एक व्यक्ति के शहीद होने पर चार्ल्स बाल लिखता है कि 'वह बगैर जरा सी भी घबराहट के, ठीक उसी तरह फाँसी के फंदे पर चढ़ गया, जैसे एक योगी अपनी समाधि में प्रवेश करता है।'

एक और अत्यंत घृणास्पद और धर्म भ्रष्ट करने में घोर निर्ममता का उनका उदाहरण देखिए! उन्होंने कानपुर से अफसर की मौत के बदले सबसे पहले गोरों और सिखों को, जो उनके सिपाही थे, उन्हें शहर लूटने की आजादी दी गई, फिर फाँसियों का दौर चला। बीबीगढ़ में जमीन के ऊपर खून का एक धब्बा था, गोरों को शक था, यह खून उनकी मेमों और बच्चों का है। शहर के बहुत से ब्राह्मणों को, जिन पर उन्हें शक था कि उन्होंने बगावत में हिस्सा लिया है, उनसे उस खून को जुबान (जीभ) से चटवाया गया और फिर झाड़ू से धोकर साफ करने का हुकूम दिया गया। इसके बाद उन्हें फाँसी दे दी गई।

इस अनोखी सजा पर उनका तर्क यह था—'मैं जानता हूँ कि फिरंगियों के खून को छूने और फिर उसे मेहतर की झाड़ू से साफ करवाने से एक ऊँची जात का हिंदू अपने मजहब से गिर जाता है। सिर्फ इतना ही नहीं, बल्कि चूँकि मैं यह जानता हूँ, इसलिए मैं उनसे ऐसा कराता हूँ। जब तक हम उन्हें फाँसी देने से पहले उनके सब गैवी जज्बात को पैरों तले न कुचलेंगे, तब तक हम पूरा बदला नहीं ले सकते, ताकि उन्हें यह इत्मिनान न हो सके कि हम हिंदू धर्म पर कायम रहते हुए मरे।' एक तरफ यह जघन्य अत्याचार तो दूसरी तरफ सती चौरा घाट पर जिन अंग्रेजों को कत्ल किया गया था, उन्हें कम-से-कम मरने से पहले इंजील पढ़ने की इजाजत दी गई थी!

□

उत्तरी भारत में अंग्रेजों का सफाया

अलीगढ़ पर कब्जे के बाद आजादी के दीवानों को जैसे पंख लग गए हों, सचमुच हिंदुस्तान को उनमें गजब का हौसला और वला का जिगर देखने को मिला। वे लड़ाके आपस में एक-दूसरे से मरने-मारने में अव्वल रहने की होड़ ले रहे थे। 'हमसे है जमाना, जमाने से हम नहीं—जमाना रोके हमको, जमाने में दम नहीं,' किसी शायर की ये पंक्तियाँ उन पर पूरी तरह से फब रही थीं। वे गोरे, जो हिंदुस्तानियों को कीड़े-मकोड़े से ज्यादा अहमियत नहीं देते थे, दीवानों के कहर के आगे गिड़गिड़ाते हुए रहमोकरम की भीख माँग रहे थे।

22 मई को मैनपुरी और 23 मई को इटावा आजाद करा किया गया। 28 मई तक नसीराबाद भी अंग्रेजों के हाथ से निकल गया। लूटे हुए खजाने और हथियार लेकर इनकलाबी दिल्ली कूच करने लगे। 31 मई को बरेली सवेरे ही फतह कर ली। कप्तान ब्राउनले का बँगला जला दिया गया। 47 मील दूर शाहजहाँपुर भी शाम होते-होते अंग्रेजों से छीन लिया। इसी दिन मुरादाबाद से अंग्रेज खदेड़ दिए गए। पहली जून तक बदायूँ भी आजाद था। इनकलाबी सभी जगह से खजाने और हथियार दिल्ली जमा करने के लिए ले जा रहे थे। 3 जून आते-आते तो आजमगढ़, जौनपुर, फैजाबाद भी आजाद करा लिये गए।

अब आया 6 जून। इलाहाबाद किले के अंदर बड़े मजे से अंग्रेज अफसर जब बड़े आराम और सुकून में डिनर ले रहे थे, रात की शुरुआत ही थी, विप्लवियों का घौंसा बजा। अंग्रेजों के मुँह का कौर मुँह में और हाथ अधर में रह गए। बाहर माजरा समझने के लिए निकले सिपाही उन पर टूट पड़े और

तमाम गोलियों का शिकार होकर धराशायी हो गए। बचे हुए अंग्रेज वापस किले में भाग आए, विप्लवी अपने मकसद में लगे हुए थे। अंदर सिख पल्टन अंग्रेजों की हिफाजत कर रही थी। यदि उन्होंने बागियों का साथ दे दिया होता तो यह किला भी फतह होता। पर स्थानीय जनता क्रांतिकारियों के साथ थी, वे प्राणपण से उनका साथ दे रहे थे। किले के बाहर अंग्रेजों के बँगले जला दिए गए। कैदखाने तोड़ डाले गए, सब कैदी आजाद कर दिए गए। रेल की पटरियाँ और तार के खंभे उखाड़ डाले गए, खजाना लूट लिया गया, जिसमें 30 लाख रुपए मिले। 7 जून को शहर में सायंकाल जुलूस निकाला गया। जुलूस में सब हरे झंडे के नीचे भारतमाता की वैभव के नारे लगा रहे थे। छावनी और शहर पूरी तरह बागियों के हाथ में था। पूरे शहर और सिपाहियों ने हरे झंडे को सलामी दी। बाद में आजादी के निशान के तौर पर कोतवाली पर हरा झंडा फहरा दिया गया।

इलाहाबाद और आसपास के सभी प्रतिष्ठित जमींदार जागीरदार सबने अंग्रेजी राज के खात्मे का ऐलान कर बेहद खुशी का इजहार किया। सबने मिलकर मौलवी लियाकत अली को बादशाह सलामत का नुमाइंदा चुनकर उन्हें सूबेदार मुकर्रर किया।

इधर 6 जून को 1857 की क्रांति के स्पंदन नाना साहब के तब के परम श्रेष्ठ देशमल अजीमुल्लाह खाँ, तात्या टोपे, सूबेदार टीका सिंह, शमसुद्दीन, ज्वालाप्रसाद, मोहम्मद अली आदि के साथ मिलकर ऐसी अनुदान रणनीति से कानपुर को घेरा कि वैसी रणनीति से अंग्रेज भी भौचक्के रह गए। ऐसे सात्तिशतेज के साथ चरण बढ़ाए कि अंग्रेज निर्भय हो अपने को सुरक्षित समझ रहे थे। 1 जून को जब सारे उत्तर भारत में विप्लव फूट रहा था, तब अंग्रेजों का सेनापति केनिंग को पत्र लिखकर सूचित कर रहा था कि हम पूरी तरह से सुरक्षित हैं और जरूरत पड़ी तो लखनऊ को भी मदद भेजूँगा। जिन नाना साहब को गहन अपमान का जहर दिया, उन नाना साहब ने भी सब्र का ऐसा परिचय दिया कि वे ही अंग्रेज अपने खजाने और अपनी हिफाजत का जिम्मा नाना साहब को सौंप रहे थे। कानपुर में 53वीं और 56वीं पल्टन, जिसमें

अश्वारोही और पैदल सब मिलाकर 30 हजार थे, सबने नाना साहब के नेतृत्व में आजादी की हुँकार भरी। गढ़ी में अंग्रेजों को संदेश भेजा गया। महारानी विक्टोरिया के प्रजा जनों, जिन लोगों का डलहौजी के कारनामों से वास्ता नहीं है और न उससे संबंध रखेंगे और हथियार डालने को तैयार हैं, वे सुरक्षित रूप से इलाहाबाद जा सकते हैं।

अंग्रेजों में गंभीर विमर्श हुआ और आखिर मजबूर होकर आत्मसमर्पण के लिए तैयार हुए और उसी पर तेजस्वी और निपुण रणनीति कामयाब हुई। 100 वर्ष बाद प्लासी के युद्ध का बदला ले लिया गया। कानपुर नाना साहब का हुआ। नाना साहब राजा घोषित हुए, उनका दरबार जमा। सूबेदार टीका सिंह को सेनापति घोषित किया गया। जमादार दलगंजन सिंह को 53वीं बटालियन और सूबेदार गंगादीन को 56वीं बटालियन का कर्नल बनाया गया। फिर हाथी पर स्वतंत्रता की पताका सहित विशाल शोभायात्रा निकालकर नाना साहब के राज्य की घोषणा की गई। इस मुहिम में तवायफ अजीजन बाई भी शामिल थीं।

अब अंग्रेजों के बर्बर लोमहर्षक अत्याचारों की विभीषिका पर चर्चा करेंगे।

□

दिल्ली की कहानी, मिर्जा गालिब की जुबानी

मिर्जा असद उल्लाह गालिब हिंदुस्तान ही नहीं, दुनिया के उर्दू और फारसी अदब को जानने-समझने और माहिरों के हरदिल अजीज हैं। अदब में उनकी ऊँचाई को छूनेवाले उनके जमाने में भी दो-चार ही थे। अब के जमाने में तो उनके आगे सब बहुत छोटे हैं। हाँ, उस्ताद जौक, मीर तकी मीर, तिरना, सौदा, मिर्जा नौसा, मिर्जा दाग, बहादुरशाह जफर जैसे बड़े नाम उनके साथ के हैं।

मिर्जा गालिब 1857 के 12 वर्ष बाद तक जीवित रहे। वे दिल्ली के बल्लीमारान के मोहल्ले में रहते थे। उनके 'खुतूत-ए-गालिब', जो विश्वविद्यालय में पढ़ाए जाते हैं, उनमें से कुछ खत आपकी नजर है, जिनमें उन्होंने मुर्दा और बेनूर दिल्ली का बड़े रंजीदा ढंग से जिक्र किया है! अपने चहेते शार्गिद मुंशी हरगोपाल तिफ्ता को 5 दिसंबर, 57 को लिखे अपने एक खत में यों बयान किया है—"जिस मोहल्ले में मैं रहता हूँ, उस शहर का नाम दिल्ली और मोहल्ले का नाम बल्लीमारान का मोहल्ला है। अब हमारे जमाने का एक दोस्त और बल्ला ढूँढ़े को एक मुसलमान नहीं मिलता है। क्या गरीब, क्या अमीर, क्या अहलतो बाहर के हैं। हिंदू अलबत्ता कुछ अहल-ए-हिर्फा (मजदूर पेशा) अगर कुछ हैं, आबाद हो गए हैं, अब पूछो कि तू क्यों कर (मस्कने कदीम) पुराने मकान में बैठा रहा साहिब-ए-बंदा? मैं हकीम मोहम्मद हसन खाँ के मकान में 9-10 बरस से किराए पर रहता हूँ और यहाँ

करीब सभी दर व दीवार हकीमों के हैं और वे नौकर हैं राजा नरिंदर सिंह बहादुर बालिए पटियाला के, राजा साहब ने साहिबाने आलिशान (बहुत बड़े हाकिम) से अहद ले लिया था कि बरवक्ते गारते देहली में ये लोग बचे रहें। चुनाँचे बाद फतह ये राजा के सिपाही यहाँ आ बैठे और यह कूचाँ महफूज रहा, वरना मैं कहाँ और यह शहर कहाँ?"

मिर्जा आगे फरमाते हैं—"मुवालगा (अतिशयोक्ति) न जानना, अमीर, गरीब, जागीरदार, पेंशनदार अहल-ए-हिर्फा कोई भी नहीं है। मुसलसल लिखते हुए डरता हूँ।" आगे लिखते हैं—"मगर वो नौकर, जो जिस हंगामे में नौकर हुए हैं और हंगामे में शरीक रहे हैं, मैं गरीब शायर दस बरस से तारीख लिखने और रौर की इस्लाह देने पर मुतालिक हुआ हूँ। ख्वाही इसको नौकरी समझो, ख्वाह मजदूरी जानो और किसी मसलयात (मसले) में मैंने दखल नहीं दिया। सिर्फ अशआर की खिदमत बजा लाता रहा और नजर अपनी बेगुनाही पर, शहर में नहीं निकलता हूँ। मेरा शहर में होना हुक्काम को मालूम है, मगर चूँकि मेरी तरफ बादशाही दफ्तर में से या मुखबिरों के बयान से कोई बात पाई नहीं गई, लिहाजा तलब नहीं किया गया, वरना जहाँ बड़े-बड़े जागीरदार बुलाए गए, मेरी क्या हकीकत थी? गरज अपने मकान में बैठा हूँ, दरवाजे से बाहर नहीं निकल सकता, सवार होकर निकलना तो बहुत बड़ी बात है।

"रहा ये कि कोई मेरे पास आए, शहर में है कौन जो आए, घर के घर बेचिराग पड़े हैं।

"एक और खत, जो मीर मेहँदी हसन को, यह भी इनके शार्गिद थे, को मिर्जा ने लिखते हुए फरमाया कि भाई क्या पूछते हो, क्या लिखूँ, दिल्ली की हस्ती मुनहासिर (अविलंबित) कई हंगामों पर थी। किला, चाँदनी चौक, हर रोजा द-ए-जामा का, हर हफ्ते सैर जमुना के पुल की, हर साल मेला फूलवालों का! ये पाँचों बातें अब नहीं, फिर दिल्ली कहाँ? नवाब जनरल बहादुर 15 दिसंबर को दाखिल होंगे, देखिए कहाँ उतरते हैं और क्योंकर उतरते हैं और कहाँ दरबार करते हैं? तुम आते हो तो चले आओ। जानिसार खाँ के

छत्ते की सड़क, खानचंद के कूँचे की सड़क देख जाओ, बुलाकी बेगम के कूँचे का ढहना भी देख जाओ।"

1861 में मिर्जा गालिब के खत में कुछ यों बयान किया गया है—"अब मीर खैराती की हवेली की हालत बदली हुई है। मुसीबत अजीब यह कि कारी का कुआँ बंद हो गया। लाल डिग्री के कुएँ का हाल दरयाफ्त करने गया था मसजिद-ए-जामा होता हुआ। राजघाट दरवाजे को चला, मसजिद-ए-जामा से राजघाट दरवाजे तक बेमुबालिगा, (अतरंजना रहित) एक सहरा लक्को दक (वीरान जंगल) है।" ईंटों के ढेर जो पड़े हैं, अगर वे उठ गए तो हू (शून्य) का मुकाम हो जाए। आगे लिखा है—"जो मिर्जा गौहर के बगीचे चमन थे, अब सहन के बराबर हो गए हैं। पंजाबी कटरा, धोबी बाड़ा, रामजीगंज, सहादत खाँ कटरा, जनरैल की बीवी की हवेली, अब किसी का पता नहीं है! अल्लाह-अल्लाह, दिल्ली न रही और दिल्लीवाले अब तक यहाँ की जबान को अच्छा कहे जाते हैं।"

वा रे हुस्ने इत्तफाक, अरे बंदा-ए-खुदा उर्दू बाजार न रहा, उर्दू कहाँ! दिल्ली अब शहर नहीं है, कैंप है, छावनी है। न किला, न शहर, न बाजार, न नहर, फिर आगे 24 अगस्त, 1807 के खत में लिखते हैं—"मसाकिन (मकानों) मसाजिद (मसजिदों) का हाल क्या गुजारिश करूँ? अल्लाह-अल्लाह किले में अकसर और शहर में बाज-बाज (कभी-कभी), वो शाहजहानी इमारतें ढहाई गई हैं कि कुदाल टूट-टूट गए हैं, बल्कि किले में तो जब इनसे काम न निकला तो सुरंगें खोदी गईं, बारूद बिछाई गई और मकानात संगीन उड़ा दिए गए।" एक खत की दर्द भरी बानगी देखिए—"क्यों मैं दिल्ली की वीरानी से खुश न हूँ, जब अहल-ए-शहर ही न रहे, शहर को लेकर क्या चूल्हे में डालूँ!" बेइंतहा खूबसूरत शायद जो अपने समय में बीमार होते हुए बनारस गए। उन्होंने गंगा और बनारस पर अनेक शेर कहे। यह और बात है कि उन्होंने अंग्रेजों से वजीफे के लिए पैरवी की थी, फिर भी गालिब गालिब हैं।

□

शहजादों के सर बादशाह की नजर

खुतूत-ए-गालिब से दिल्ली की बीरानी और बेनूरी से आप दिल्ली के फिर से अंग्रेजों के कब्जे में आने के बाद होश गुम करनेवाले नतीजे से रूबरू हुए। अब बात दिल्ली की चल ही निकली है तो अब आगे के रूह थर्राने वाले हालात भी जान लें। आज भी इस नजर के बारे में सुन-समझने पर सख्त दिल बेचैन हो उठेंगे।

28 सितंबर, 1937 को जब बहादुरशाह जफर गद्दीनशीन हुए थे, तब दस्तूर के मुताबिक अंग्रेज कमांडर ने इनके सामने नजर पेश की थी और आगे भी ईद नौरोज और बादशाह की सालगिरह के दिन रेजिडेंट के मार्फत नजरें पेश कराई जाती थीं। सल्तनत का सूरज ढलता गया और धीरे-धीरे मगरूर अंग्रेज बादशाह की बाअदबी से बेअदबी तक आ गए। आखिर फिर 10 मई को मेरठ से उठी चिनगारी ने 11 मई, 1857 को फिर से इस बूढ़े बादशाह को पूरे मुल्क का बादशाह घोषित किया, पर दिल्ली और मुगलिया सल्तनत के लिए यह खुशी चंद रोजा थी।

हकीम अहसान उल्लाह मुंशी, रजब अली और सबसे बड़ा हरामखोर इलाही बख्श, ये सब बादशाह के मुँह लगे खासमखास थे, अपने क्षुद्र स्वार्थों की खातिर अंग्रेजों के जासूस हो गए। उनकी करतूतों, किले के अंदर शाही खानदान में राज्य की खातिर चलनेवाले षड्यंत्रों और बेकाबू सिपाहियों की शहर में बेदर्द लूटपाट, मेरठ और दिल्ली के सिपाहियों में आए दिन होनेवाले झगड़े एवं अनुशासित नेतृत्व के अभाव के कारण दिल्ली की खुशियाँ कुछ ही दिन में हवा होने लगीं और जून की शुरुआत से ही अंग्रेजों की दिल्ली पर फिर

से कब्जे की कोशिश रंग लाने लगी।

हालाँकि, पहली जुलाई को बख्त खाँ बरेली से लगभग 30,000 सेना लेकर दिल्ली इनकलाब की मशाल जलाए रखने के लिए बादशाह से आकर मिला। बादशाह ने मिर्जा मुगुल को हुकूम दिया—'बरेली की फौज आई है, इंतजाम करो, जमुना बहुत चढ़ी है, ऐसा न हो कि पुल को नुकसान पहुँचे, मीर बहरी को हुकूम दे दो कि जितनी नावें इकट्‌ठी हो सकें, इकट्‌ठी कर सेना को पार उतार लें।' दरबार में आते ही बख्त खाँ ने कोनिस कर कहा कि तरक्की-ए-सल्तनत और हश्मत की दुआएँ, गुलाम हुजूर के कदमों में हाजिर हैं। अब हुक्म हो कि मैं सबसे पहले पहाड़ी से अंग्रेजों को मार भगाऊँ। 30 हजार तलवारें गुलाम की रकाब के साथ हैं। बादशाह सलामत ने बड़े मोहब्बत और खुलूश के साथ खाँ से कहा कि तुम्हें हम अपना फर्ज दें। हकीकी लॉर्ड गवर्नर का खिताब अदा फरमाते (वास्तविक पुत्र) समझते हैं और हैं। सब अकसर तुम्हारा हुक्म मानें। बख्त खाँ ने कहा कि हुजूरे आली! यदि किसी शहजादे ने भी लूटमार या गारतगीरी की तो बंदा उसे भी नहीं बख्शेगा और उसके नाक-कान कटवा लेगा। बादशाह ने बख्त खाँ को कहा कि 5 बातों का खयाल करते हुए तुम्हें पूरा अख्तियार है, जो चाहो करो। ये 5 बातें थीं—1. दुश्मन के सब मोरचों को तोड़ दो। 2. सिपाहियों को काबू करो, वे लूटपाट और गारतगीरी न करें। 3. सब पुराने नए सेवकों को तनख्वाह दे दी जाए। 4. लगान की वसूली और थानों का इंतजाम फौज करें। 5. गुंडों और बदमाशों को, जो रिआया को लूट रहे हैं, सजा दो और उनकी छानबीन करो। बादशाह की राज्य संचालन की आला दर्जे की कोशिशें और रोहिल्ला पठान बख्त खाँ की बहादुरी भी इलाही बख्श जैसे हरामखोर जासूसों और किले की दुरभि संधियों की बलि चढ़ गई। इलाही बख्श ने अंग्रेजों की दौलत और अपने खुशहाल भविष्य फेर में, बेगैरती की सारी हदें पार करते हुए, मुल्क से गद्दारी कर, अंग्रेजों को सदियों तक याद रखी जाने लायक कहर भरी विपदाओं को अंजाम देने के लिए मौका हासिल कराया। बादशाह से बख्त खाँ की दिन-रात चुगली कर बादशाह के मन में भयंकर अंतर्द्वंद्व पैदा कर दिया। अंततः मजबूर

बादशाह को गिरफ्तार कराकर बेवतन कराके ही दम लिया। बख्त खाँ ने मिर्जा इलाही बख्श और उसकी कारगुजारियों से बादशाह सलामत को बचाने के लिए बहुत कोशिश की, पर दिल्ली की बदनसीबी के आगे उसकी एक न चली। आखिरकार मजलूम बादशाह ने बख्त खाँ से कहा, 'अय बहादुर, मुझे तेरी हर बात का यकीन है और मैं तेरी हर राय को दिल से पसंद करता हूँ, पर जिस्म की कुब्बत ने जवाब दे दिया है, इसलिए मैं अपना मामला तकदीर के हवाले करता हूँ। मुझको मेरे हाल पर छोड़ दो और चले जाओ और कुछ काम करके दिखाओ। मैं नहीं, मेरे खानदान में से नहीं, न सही, तुम या और कोई हिंदुस्तान की लाज रखे, हमारी फिक्र न करो, अपने फर्ज को अंजाम दो।'

मायूस बहादुर बख्त खाँ अपने और हिंदुस्तान के नसीब को कोसता हुआ रुखसत हुआ। इधर मिर्जा इलाही बख्श की अंग्रेजपरस्ती रंग लाई और जो इलाही बख्श बादशाह के लिए जान हाजिर करने की कसमें खा रहा था, अब वही जानवरों से भी बदतर मेजर हडसन के हाथों उन्हें गिरफ्तार करवा रहा था। बादशाह ने अपने मौजूदा और आनेवाली बदनसीबी को भलीभाँति समझते हुए मेजर हडसन के सामने हथियार डाल दिए। मेजर हडसन ने भी उन्हें गिरफ्तार करने के बाद फिर मुगालते में रखकर उनके शहजादों को भी गिरफ्तार कर लिया और वह कारनामा अंजाम दिया कि हलाकू चंगेज खाँ, नादिर शाह और अब्दाली की रूहें यदि कहीं होतीं तो वे भी चुल्लू भर पानी में डूबने को तरसतीं! उसने बादशाह के दो बेटों—मिर्जा मुगल और मिर्जा सुलतान और एक पोते मिर्जा अबूबकर, जो बहादुरशाह की गिरफ्तारी के वक्त हुमायूँ के मकबरे में ही थे, इलाही बक्श की सुरागदेही पर गिरफ्तार कर सरेआम कत्ल करा दिया। माजरे पर जरा गौर करें। इलाही बख्श ने शहजादों को हडसन के सामने चलने को समझाया और रथों में सवार कर हडसन उन्हें शहर में लाया, फिर उन्हें रथों से उतारकर उनके कपड़े उतरवाए और अपने सिपाही से उन तीनों को बंदूकों से वहीं पर खत्म करा दिया। गोली तीनों शहजादों ने सीने पर खाई और 'हाय दगा' कहकर इंतकाल फरमा गए। बेदर्दी अभी खत्म नहीं हुई। शहजादों के कटे सिर गिरफ्तार बहादुरशाह के

सामने थाली में सजाकर हडसन लाया और उनसे कहा, 'कंपनी की तरफ से यह आपकी नजर है, जो आपको लंबे अरसे से मिलनी बंद हो गई थीं।' बादशाह ने कटे सिर देखे और कहा, 'अलहम्दुलिल्लाह तैमूर की औलाद ऐसे ही सुर्खर होकर बाप के सामने आया करती है। अपने हाकिमों से कहना कि हिंदुस्तान बहुत जल्द ऐसी ही नजर उन्हें भेजेगा।' 87 वर्ष के बहादुरशाह जफर इस मर्मांतक वेदना की घड़ी में भी अविचल रहे और बाद में उन्होंने अपना मुँह फेर लिया। हैवानियत तो अभी और बाकी थी। आदमखोर हडसन ने उन शहजादों का गरम लहू चुल्लू में भरकर पिया और कहा, 'यदि मैं खून नहीं पीता तो पागल हो जाता।' यह ख्वाजा हसन निजामी की पुस्तक से लिया गया जिक्र है, फिर सिर खूनी दरवाजे पर लटका दिए गए। यहीं दारा-शिकोह और रहीम खानखाना के बेटों के सिर लटकाए गए थे, इसलिए इसे 'खूनी दरवाजा' कहते थे। सिर कटी लाशें तीन दिन तक कोतवाली के सहन में पड़ी रहीं। बाद में यमुना में फिंकवा दी गईं।

ए जफर अब है बस तुझी तक इंतजामे सल्तनत,
बाद तेरे न बली अहंदी, न नामे सल्तनत।

□

दिल्ली पर बेगैरत अंग्रेजों का कहर

सरफरोश बख्त खाँ, जिन्हें जिल्ल-ए-सुब्हानी बादशाह बहादुरशाह जफर ने कमांडर-इन-चीफ बनाते हुए 'फर्जंदे हकीकी' (वास्तविक पुत्र) कहा था, वह बख्त खाँ वतन की खातिर हर शहादत के लिए तैयार था। मुल्क और बादशाह की हिफाजत में अपनी बहादुर फौज लिये हुकूम के इंतजार में था, साथ ही बादशाह को गद्दार वतनफरोश मिर्जा इलाही बख्श के चँगुल से आजाद कराने की जी-तोड़ कोशिश कर रहा था, पर आखिर नमकहराम इलाही बख्श के आगे जाँबाज बहादुर बख्त खाँ नाकामयाब हुआ। इलाही बख्श ने अपने रंग और तेवर बदलते हुए न केवल बादशाह को अंग्रेजों से गिरफ्तार कराया, बल्कि नौजवान शहजादों के सिर भी कलम करा दिए।

और अंजाम इस हद तक सितमगर हुआ कि आज भी उस सूरत-ए-हाल पर हिंदुस्तानी नहीं, दुनिया के किसी भी हिस्से पर कोई भी इनसाफपसंद इनसान गुस्से से बेकाबू हो जाए। इनसान और जानवर को तो जिवह होते देखा, सुना, पढ़ा गया, पर उस हरामखोर की कारगुजारी यह हुई कि दिल्ली कत्ल कर दी गई।

गोरों का 19 सितंबर, 1857 को फिर से दिल्ली पर कब्जा हुआ। बादशाह, उनकी बेगम जीनत महल, ताजमहल और शहजादे जवान बख्त, अब्बास शाह गिरफ्तार कर रंगून भेज दिए गए। वहाँ जेल में कैसी मुसीबतें उन्होंने झेलीं, यह अब इतिहास की खुली इबारत है। एक लाख की पेंशन के हकदार रहे दुनिया के सबसे बड़े मातवर मुगल खानदान के आखिरी चिराग की कहानी यहीं खत्म होती है।

पं. नेहरू ने भी मिर्जा इलाही बख्श जैसे मुखबिरों के बारे में लिखा है कि हर राज्य में तब रेजिडेंट रहते थे। इन रेजिडेंटों का दरबारों में खास काम था—रिश्वतें देकर वजीरों और अफसरों को भ्रष्ट करना। यही कारण था कि अंग्रेज बिना युद्ध किए ही जीत जाते थे।

खैर, अब बात दिल्ली के कत्ल की। कब्जे के फौरन बाद कत्लेआम का सिलसिला शुरू हुआ। मांटगुमरी मार्टिन ने लिखा है कि जिस वक्त हमारी फौज शहर में दाखिल हुई, तो जितने शहरी शहर में दीवारों के अंदर पाए गए, उन्हें उसी जगह संगीनों से मार डाला गया। आप समझ सकते हैं कि उनकी तादाद कितनी ज्यादा रही होगी, जब मैं आपको यह बताऊँ कि एक-एक मकान में 40-40, 50-50 आदमी छुपे हुए थे! यह लोग बलवाई न थे, बल्कि शहर के बाशिंदे थे, जिन्हें हमारी नरमदिली और माफी पर भरोसा था। मुझे यह कहते खुशी होती है कि उन्हें मायूसी हुई। इसी तरह एक और अंग्रेज लिखता है कि दिल्ली के बाशिंदों के कत्लेआम का खुलासा कर दिया गया। हालाँकि, हम जानते थे कि उनमें से बहुत से हमारी कामयाबी चाहते थे।

इस खौफनाक कत्लेआम के दिनों में सिर्फ एक दिन के मंजर का बयान करते हुए लॉर्ड रॉबर्ट्स लिखता है कि हम सुबह को लाहौरी दरवाजे से चाँदनी चौक गए तो हमें शहर हकीकत में मुरदों का शहर नजर आता था। कोई आवाज, सिवाय हमारे घोड़ों की टॉपों के, नहीं सुनाई देती थी। कोई जिंदा आदमी नजर नहीं आता था। सब तरफ मुरदों का बिछौना बिछा हुआ था, जिनमें से कुछ मरने से पहले पड़े सिसक रहे थे। हम चलते हुए बहुत धीरे-धीरे बात करते, इस डर से कि कहीं हमारी आवाज से मुरदे न चौंक पड़ें। एक तरफ मुरदों की लाश कुत्ते खा रहे थे और दूसरी तरफ गिद्ध जमा थे, जो उनके गोश्त को नोच-नोचकर मजे से खा रहे थे और हमारी आवाज से उड़-उड़कर दूर जा बैठते थे। खुलासा यह कि इन मुरदों की हालत बयान नहीं हो सकती। जिस तरह हमें उन्हें देखने से डर लगता था, उसी तरह हमारे घोड़े उन्हें देखकर डर से बिदकते और हिनहिनाते थे। लाशें पड़ी सड़ती थीं। उनके सड़ने से हवाएँ बीमार करनेवाली बदबू फैला रही थीं। यह जिक्र

ख्वाजा हसन निजामी ने करते हुए लिखा कि बच्चे-बूढ़ों में कोई फर्क नहीं किया जाता था। अंग्रेजों की बेरहम मंशा को खौफनाक शक्ल देने में सिख और गोरखे सिपाही भी पीछे नहीं रहे। आपका कलेजा उस मंजर को जानकर अब भी बैठने को हो जाएगा। यह सिपाही, जो अंग्रेज नहीं थे, उन्होंने मिलकर एक जख्मी आदमी के चेहरे को पहले अपनी संगीनों से बार-बार बींधा और फिर धीमी आँच के ऊपर उसे जिंदा भून दिया, उसका गोश्त चटखकर लपटों में काला हो गया और जलते हुए गोश्त की सड़ी बदबू ने ऊपर उठकर हवा को जहरीला बना दिया। यह वाकया भी अंग्रेज अफसर मेजेंडी ने अपनी पुस्तक में लिखा है। इस जमाने के दुनिया भर के मशहूर अखबार टाइम्स के नुमाइंदे ने भी 'माय डायरी इन इंडिया इन द ईयर 1858-59' के एक खंड में जिक्र करते हुए लिखा है कि मैंने उस शख्स की जली हुई हड्डियाँ कई दिन बाद मैदान में पड़ी हुई देखीं। सर हेनरी कोटन से भी एक अंग्रेज अफसर ने ऐसी ही एक दर्दनाक घटना का हवाला देते हुए बताया कि दिल्ली में कुछ मुसलमानों को नंगा करके जमीन से बाँधकर सिर से पाँव तक जलते हुए ताँबे के टुकड़ों से अच्छी तरह दागा गया था। यह जिक्र स्वयं हेनरी कॉटन ने 'इंडियन एंड होम मेमोरीज' में किया। परपीड़ा प्रमोद के कितने क्रूरतम उदाहरण उस समय के इतिहास में भरे पड़े हैं, जैसे—एक अंग्रेज पादरी की विधवा लेडी एस्कोप, जो ग्वालियर में रहती थीं, ने अपनी पुस्तक में 243 नंबर पृष्ठ पर लिखा है कि अंग्रेज गैर-मजहबी लोगों को बेदीन करके मारने में बड़े खुश होते थे। संगीन के बल पर पहले उनसे गिरजाघरों में झाड़ू लगवाई जाती, फिर फाँसी दे दी जाती। रसेल ने अपनी डायरी में लिखा है कि मुसलमानों को मारने से पहले उन्हें सुअर की खालों में सिल दिया जाता था। उन पर सुअर चरबी मल दी जाती थी और फिर उन्हें जलाकर मार दिया जाता था। अंग्रेज जानते थे कि मुसलमान मजहबी तौर पर सुअर और मरने के बाद जलाए जाने पर सख्त ऐतराज करते थे, पर अंग्रेज मारने के पहले उन्हें जिस्मानी ही नहीं, रूहानी तकलीफें देकर मारते थे और इसमें उन्हें अजीब सी गैर-इनसानी खुशी होती थी।

अब दिल्ली लगभग वीरान और सूनसान थी, केवल वे कुछ घर बचे रह गए थे, जो अंग्रेजी फौज को मदद देते थे। बाकी वे सब, जो कैसे भी कत्लेआम और फाँसी से बच गए थे, उन्हें शहर से जबरदस्ती खदेड़ दिया गया। 'हिस्टरी ऑफ द इंडियन म्यूटिनी' के पेज नं. 386 पर होम्स ने लिखा है कि हजारों मर्द, औरत, बच्चे बगैर घर-बार के इधर-उधर के इलाके में घूम रहे थे, जिन्होंने कोई खता नहीं की थी। अपना जो कुछ माल-असबाब वह शहर में पीछे छोड़ गए थे, उससे वे हमेशा के लिए हाथ धो चुके थे, क्योंकि सिपाहियों ने गली-गली, घर-घर जाकर कीमती चीजों को ढूँढ़कर निकाल लिया था और जो कुछ सामान वे ले नहीं जा सकते, उसे टुकड़े-टुकड़े कर डाला।

□

दिल्ली में थम नहीं रहा था अंग्रेजों का कहर

दिल्ली की भयंकर खूँरेजी के बाद भी अंग्रेजों ने अपनी शैतानियत भरा कहर जारी रखा। उनके अत्याचारों से औरतें अपने भूखे बच्चों को छाती से लगाए, उनका दुःख न देख सकने के कारण कुंओं में बच्चों सहित मरने के लिए गिरने लगीं। अनेक औरतें वहशी अंग्रेज सिपाहियों के आने की खबर सुनते ही अपनी अस्मत की खातिर, जिसे हिंदुस्तानी औरत जिंदगी से बड़ा गहना समझती हैं, कुओं में गिरकर आत्महत्याएँ करने लगीं। हालत यह हो गई कि कुओं की गहराई औरतों की तादाद से कम पड़ गई। एक किस्सा उस जमाने का ही है, जब एक औरत अपनी आबरू को बचाने के लिए कुएँ में कूदी तो पहले से ही औरतों से पटे कुएँ में वह डूबी नहीं, बल्कि ऊपर ही पड़ी रही। एक रहमदिल अंग्रेज सिपाही ने जब उसे निकालना चाहा तो उसका जवाब सुनकर आप आज भी हैरान हो जाएँगे। उसने गिड़गिड़ाकर कहा, 'हमें हाथ न लगाओ, हमें गोली मार दो, हम शरीफ घरों की बहू-बेटियाँ हैं।' भारत की नारी के चरित्र की यह उज्ज्वल गाथा है। हजारों औरतें घर के बाहर निकलना नहीं चाहती थीं, वे घरों के अंदर या इर्द-गिर्द के कुओं में कूद पड़ीं। कुछ औरतें, जो डूब नहीं पा रही थीं, न मर पाने के कारण जार-जार रो रही थीं। एक औरत की लाश कुएँ से निकली, जिसकी छाती पर दो बच्चे बँधे थे, माँ डूबते वक्त उन्हें अपने कलेजे से लगाए थी। फराशखाने में एक बुढ़िया और एक जवान थी। बुढ़िया का बेटा जब कत्ल कर दिया गया और जवान औरत का बलात्कार किया जाने लगा तो दोनों कुएँ में कूद गईं। बहुतों ने अपने बीबी-बच्चों का कत्ल कर दिया।

आचार्य चतुरसेन ने लिखा है कि कूँचा चेलान पर सबसे ज्यादा मुसीबत

आई। इस मोहल्ले में बड़े-बड़े शरीफ और मशहूर हैसियत के लोग रहते थे। मौलाना शाह वलीउल्लाह, शाह अब्दुल अजीज, मुहद्दिस देहलवी का घराना इसी मोहल्ले में आबाद था। सर सैयद अहमद खाँ भी यहीं रहते थे और मौलाना सहवाई भी यहीं रहते थे। यह मोहल्ला साहबे कमाल लोगों का था। मुंशी जकाउल्लाह शाह का घराना भी यहीं रहता था। गदर के वक्त मुंशीजी बाहर चले गए थे। सर सैयद अहमद खाँ दिल्ली में थे। नवाब शमशेर खाँ के बेटों—मोहम्मद अली खाँ, हकीम फतहउल्लाह खाँ ने किसी अंग्रेज सिपाही को अपने घर के जनाने में घुसने से रोकने के लिए उसे जख्मी कर दिया था। जब यह खबर अंग्रेज अफसरों तक पहुँची तो उसने हुक्म दिया कि इस कूँचे के सब मरदों का कत्ल कर दिया जाए या गिरफ्तार कर लिया जाए। इस हुक्म की तामील इस बेदर्दी से हुई कि मोहल्ले में कोई मर्द जिंदा न बचा। कुछ को तो वहीं गोली मार दी गईं और जो कैद करके लाए गए, उन्हें यमुना किनारे रस्सी से बाँधकर खड़ाकर गोली मार दी गई। इनमें सिर्फ दो आदमी जिंदा बचे। इनमें से एक मुश्तफा बेग, जो बाद में रिसाले में नौकर हो गए और दूसरे मौलाना सहवाई के दामाद बजरुद्दीन। मौलाना सहवाई फारसी के हिंदुस्तान भर के मशहूर विद्वान् थे, दूसरे सैयद मोहम्मद अमीर उर्फ मीर पंजाकश थे, जिनकी खुशनसीबी का लोहा तमाम हिंदुस्तान मानता था। उनके लिखे हरूफ (वाक्य) सोने-चाँदी के एवज में खरीदे जाते थे। वे भिखारियों को एक हरफ लिखकर दे देते थे, जो एक रुपए के नोट की तरह बिक जाता था, उस दिन यह हजरत भी यमुना की रेत में मरे पड़े थे। मरनेवालों में मौलाना सहवाई के कुनबे के ही 21 आदमी थे।

अंग्रेजी सेना के मुसलमान सिपाहियों ने मंदिरों को और हिंदू सिपाहियों ने मसजिदों को नापाक किया। जामा मसजिद में सिख सिपाहियों की बैरक बनाई गई थी, पाखाने और पेशाबघर भी उसी के अंदर थे। मीनारों के नीचे हलवे पकाए जा रहे थे, कहीं सुअर काटे जा रहे थे। जीनत महल मसजिद को गोरों का मिस्कोट घर बनाया गया। नवाब हामिद अली की मसजिद में गधे बाँधे जाते थे। किले के नीचे जो शानदार मसजिद अकबराबादी को थी, उसे गिराकर खाक में मिला दिया गया।

□

दिल्ली की बदनसीबी से अंग्रेजों का इकबाल बुलंद

इनकलाबियों द्वारा फतेह की गई दिल्ली अंग्रेजों की ताकत से कम, दिल्ली की खुद पैदा की गई बेहूदगियों, बइंतजामियों और बेवकूफाना हरकतों की वजह से ज्यादा बदकिस्मती झेलने और अपनी मौत मरने को मजबूर हुई। बदकिस्मती भी ऐसी कि दुनिया में अपने हाथों अपनी मौत बुलाने का ऐसा खौफनाक मंजर ढूँढ़े नहीं मिलेगा। जईफ, कमजोर और बूढ़े बादशाह हिंदुस्तान की खिदमत में रोम-रोम हाजिर करने को तैयार बैठे थे, पर उनके मगरूर नाशुक्रे, नालायक शहजादे, सिपाहियों के भरण-पोषण के नाम पर बेरहम लूट शहर में मचाए में हुए थे, जिससे चाहे उस अमीर से उसकी बिना फरमाद सुने, लूट मचाए हुए थे। उस पर तुर्रा यह कि बेदर्दी से लूटी गई रकम और माल-असबाब का धेला भी सिपाहियों पर खर्च नहीं करते थे। लूट का पूरा माल खुद के खजाने में भविष्य के लिए इकट्ठा और बेझिझक हो अपने भोग-विलास पर खर्च कर रहे थे। इधर कुछ तो योग्य सेनापति के नेतृत्व के अभाव के कारण फौज मनमरजी कर रही थी और कुछ अपनी रसद पाने की जरूरत के लिए शहर का अमन-ओ-अमान बिगाड़ने पर आमादा थी। शहजादे शहर में अमन-ओ-अमान और सिपाहियों के रसद पाने के नाम पर इधर लूट मचाते थे और उधर बादशाह के सामने अपने को असहाय और निर्दोष बताकर अपना काम जारी रखे हुए थे। बेखबर बादशाह हकीकत से कम वाकिफ हो पा रहे थे।

एक बार तो ऐसा हुआ कि तीन दिन की भूखी-प्यासी फौज के कुछ नुमाइंदे बादशाह के हुजूर में अपनी लाचारी, बदहाली और भूख की फरियाद लेकर पहुँचे, बोले कि हम तीन दिन से भूखे हैं, हमें एक मुट्ठी ही चना-चबैना मिल जाए। गम के शिकार हुए बादशाह ने, जिनकी आँखें गीली हो गई थीं, पास बैठी अपनी सबसे प्यारी बेगम जीनत महल से कहा कि अपने सब बेशकीमती जेवरात इन्हें दे दो। बेगम ने फौरन अपने जेवरात उतार दिए। सिपाही भी बादशाह की दिल से बड़ी इज्जत करते थे। वे बोले, 'हम तो आप पर वैसे ही आपकी मुल्क-परस्ती पर न्योछावर हैं, हम आपके गहने नहीं ले सकते। हम ऐसी तंगहाली में भी आपकी इस फराखदिली से निहाल हुए। हमें हुक्म दीजिए, हम शहर से लूट करें और उस लूट से अपने रसद-पानी का इंतजाम करें।' गम की हालत में भी बादशाह एकदम सख्त हो गए और बोले, 'बिल्कुल नहीं। मैं अपने बेटों जैसी प्यारी रिआया को दुःख देते हुए नहीं देख सकता। दिल्ली तो पहले भी बहुत-कुछ लुट-पिट चुकी है', तब सिपाही बोले कि अब हमारे पास और दूसरा कोई चारा भी तो नहीं है। तो बादशाह बोले, 'तब फिर मेरा कत्ल कर दो, फिर जो जी में आए, सो करो।'

सिपाही बोले, 'जिल्ला-ए-सुब्हानी, हम सब आप पर मिटने को तुले हुए हैं, पर यह मौका ही ऐसा है। हम फौज को भूखों नहीं मार सकते।' बादशाह फौज के लिए भी फिक्रमंद थे और अपने शहर की हिफाजत पर भी आमादा थे। वे बोले, 'तब हमारे हाथी-घोड़े बेच दो।' सिपाहियों को यह भी मंजूर नहीं था। तब अजिज आकर बादशाह बोले, 'दिल्ली छोड़कर चले जाओ। मैंने तो पहले ही कहा था, हमारे पास तनख्वाह के लिए कुछ भी नहीं है।' फिर सिपाही बोले, 'आपका क्या होगा?' तब वे बेजार होकर बोले, 'मुझे तो अपना दिख रहा है। मुझे मरना है, तुम मारो या अंग्रेज!'

एक तरफ तो बादशाह अपनी वह हस्ती, जिसका सिलसिला दुनिया की बेमिसाल हैसियत से था, उसे मुल्क पर कुरबान करने के लिए बैठे थे, उधर उनके शहजादे दिल्ली की तबाही पर तुले हुए थे। उन्हें केवल ऐशो-आराम की फिक्र थी। दिल्ली पर आनेवाली विपदा से वे कतई बेखबर थे। उधर मेजर

हडसन इस अफरा-तफरी पर अपने जासूसी महकमे से पूरी निगाह रखे हुए था। उसने इस हालात का फायदा उठाते हुए अपने महकमे के कारिंदों की मार्फत लाल किला के भीतर और तमाम अमीर, उमराँव को अपने जाल में फाँस लिया था। उसकी सबसे बड़ी कामयाबी यह रही कि उसने बादशाह के समधी मिर्जा इलाही बख्श को मुखबिर बना लिया। और मिर्जा इलाही बख्श अपने दो निजी आदमियों—हकीम अहसान उल्लाह और मुंशी रजब अली के साथ मिलकर अपनी कारिस्तानियों को अंजाम देता रहा। मुल्क के साथ उसकी गद्दारी का सबसे बड़ा कारनामा यह रहा कि उसने मुल्क के लिए अपना सबकुछ दाँव पर लगानेवाले बख्त खाँ, जो दिल्ली व बादशाह की हिफाजत के लिए पूरी ताकत से लगा था, उसे बादशाह से दूर करके ही चैन लिया। हरम की सब खबरें मेजर हडसन तक पहुँचाता और मेजर हडसन की सलाह पर बादशाह के खानदान में और खुद बादशाह से मिलकर ऐसी कूट रचना रचता कि अंग्रेजों को अपनी करने में सहज ही सहायता मिल जाती। अंग्रेजों का गुलाम होकर बादशाह का भी वफादार बनने का पूरा स्वांग रचता रहा और आखिर में बादशाह की कैद में भी चैन नहीं मिला, फौरन ही उसके बाद उनके शहजादों को गुमराही में देकर मेजर हडसन के सुपुर्द कर उनका सरेआम दिल्ली में कत्ल करवाकर उनके सिर बादशाह तक पहुँचवाने में अपना कमाल बखूबी दिखाया।

मुल्क की खुशकिस्मती से ऐसा जानिसार और अजीम-उश-शान इनसान उसकी खिदमत में था, पर इसके साथ ही मिर्जा इलाही बख्श जैसे तमाम गद्दार ही नहीं, बड़ी तादाद में सिख, पंजाबी, गोरखे सिपाहियों की मरने-मारने पर उतारू फौज भी अंग्रेजों के साथ थी। इधर दिल्ली के अंदर की बदअमनी और किले की कूट रचनाएँ और उधर सुसंगठित अंग्रेजों का नेतृत्व तथा उनके साथ जान हथेली पर लिये हिंदुस्तानी बहादुर सिपाहियों का काफिला। आखिर दिल्ली फिर अंग्रेजों की हुई।

□

स्वाधीनता की पहली जंग में भाईचारे की अद्भुत मिसाल

अनेक प्रसंग 1857 के महासंग्राम में हिंदू-मुसलिम भाईचारे के साथ जालिम अंग्रेजों द्वारा शहीद किए जाने के हैं, जिन पर हमें अभिमान है। इसी सुंदर श्रृंखला के कुछ उदाहरण हमें निश्चय ही आज के इस संकीर्ण मानसिकता के दौर में भी प्रसन्नता देते हैं। दिल्ली विश्वविद्यालय में प्राध्यापक और विद्वान् लेखक शम्सुल इस्लाम ने, कुछ उदाहरण प्रस्तुत किए हैं, उनमें से—हाँसी (अब हरियाणा में) में अंग्रेजों के खिलाफ विभिन्न धर्मों के लोग किस आत्मीयता से लड़े और अपने प्राण देश पर न्योछावर किए, उसकी शानदार मिसाल हुकुमचंद जैन और मुनीर वेग की शहादत है। हुकुमचंद जैन फारसी और गणित के विद्वान् और हाँसी और करनाल के कानूनगो में, बड़े जमींदार थे। महासंग्राम की खबर सुनकर दिल्ली दरबार पहुँचे, जहाँ तात्या टोपे मौजूद थे। उनसे मिलकर उन्होंने अपने इलाके में भी इनकलाब का बीड़ा उठाया और अपने करीबी दोस्त मिर्जा मुनीर वेग के साथ मिलकर सशस्त्र संग्राम की तैयारियाँ शुरू कर दीं। इन दोनों ने मिलकर बागी 1857 की फौज के साथ मिलकर अपने इलाके को अंग्रेजों की गुलामी से मुक्त कराने की रणनीति बनाई। एक निर्णायक युद्ध में दिल्ली से उचित समय पर पर्याप्त सहायता न पहुँच पाने से इन्हें हार का सामना करना पड़ा। इनकलाबियों के हाथ से दिल्ली निकल जाने के बाद इन दोनों को हाँसी में गिरफ्तार कर लिया गया और तुरत-फुरत उन्हें मौत की सजा सुनाई गई। इन दोनों की दोस्ती की वजह से अंग्रेज

हाकिम इनसे बेहद खौफजदा इसलिए थे, क्योंकि ये दोनों भाईचारे की मिसाल बने हुए थे। अंग्रेजों को यह बात सबसे ज्यादा अखरती थी। दोनों संप्रदायों को डराने और उन्हें नसीहत देने के लिए 19 जनवरी, 1858 को हुकुमचंद जैन को फाँसी देने के बाद उनके शरीर पर गाय की चरबी मलकर उन्हें जलाया नहीं, बल्कि हिंदुओं को सबक सिखाने के लिए दफनाया गया। इसी तरह मिर्जा मुनीर वेग के शरीर पर सुअर की चरबी मलकर मुसलमानों को चिढ़ाने के लिए उन्हें जलाया गया। इस अत्यंत लज्जाजनक मृत्यु से अंग्रेज हिंदू-मुसलमान दोनों के धर्म और मजहब की खिल्ली उड़ाने तथा उनके मरने के बाद भी उनका परलोक बिगाड़ने का विशेष उद्‌देश्य था, ताकि दोनों तरफ के लोग अपने बेदीन और बेधर्म होने के डर से आजादी की लड़ाई न लड़ सकें, इसलिए वे ऐसी हरकतें करते रहते थे। अंग्रेजों की शैतानियत यहीं नहीं रुक गई, बल्कि एक और बेहद शर्मनाक हरकत और यह की कि हुकुमचंद जैन के 13 वर्ष के किशोर भतीजे को भी हाँसी में सार्वजनिक तौर पर फाँसी दे दी गई।

एक प्रसंग हिंदुओं के पवित्र पूज्य स्थल अयोध्या का भी इस समय का है, उस जमाने में अयोध्या में हिंदुओं-मुसलमानों में भाईचारा था! तब साधारण गृहस्थ ही नहीं, मौलवी और महंत भी अंग्रेजों के जुल्म के खिलाफ लड़ाई लड़ रहे थे। बिना गिने कितने दीवाने थे, वे जो फाँसी पर मुल्क की खातिर जान देकर अमर हो गए! मौलाना अमीर अली अयोध्या के एक मशहूर मौलवी थे, वे हनुमानगढ़ी मंदिर के पुजारी बाबा रामचरण दास के द्वारा शुरू किए गए हथियारबंद युद्ध में खुशी-खुशी शामिल हुए। एक युद्ध में दोनों को बंदी बना लिया गया और अयोध्या में कुबेर टीले पर एक इमली के पेड़ पर एक साथ फाँसी पर लटका दिया गया। इसी तरह दो अलग-अलग धर्मों के अच्छन खान और शंभूप्रसाद शुक्ला दोस्त थे। उन्होंने फैजाबाद के राजा देवी बक्श सिंह की क्रांतिकारी सेना की कमान सँभाली हुई थी, उस जमाने के दस्तावेजों में यह शर्मनाक सच्चाई दर्ज है कि दोनों क्रांतिकारियों की जान लेने से पहले भयंकर पीड़ा भरी यातनाएँ दी गईं, फिर आम जनता के सामने दोनों के गले रेतकर मार दिया गया।

एक मामला कोटा से अंग्रेजपरस्त महाराव के राज्य में वहाँ के एक राजदरबारी थे राजा जयदयाल भटनागर, वे उर्दू, फारसी और अंग्रेजी पर समान अधिकार रखते थे। उन्होंने महाराव और अंग्रेजों के खिलाफ बगावत का झंडा बुलंद किया और उनके साथ खड़े थे वहाँ के सेनापति शार्दुल खाँ। उन दोनों ने मिलकर देश भर के इनकलाबियों से रिश्ता कायम कर कोटा में अंग्रेज अफसरों और उनकी फौज पर हमला बोल दिया। बाद में महारानी लक्ष्मीबाई के साथ भी अंग्रेजों से लोहा लेते रहे। लाला जयदयाल 1860 तक अंग्रेजों के हाथ नहीं आए, पर इसी साल 15 अप्रैल को जयपुर में गिरफ्तार कर लिये गए और 17 सितंबर, 1860 को कोटा में फाँसी पर चढ़ा दिए गए। शार्दुल खाँ 1861 में गिरफ्तार हो पाए, इन्हें भी 28 अक्तूबर, 1861 को सार्वजनिक रूप से फाँसी पर कोटा में ही लटका दिया गया। ऐसी ही एक मिसाल, मध्य प्रदेश में तात्या टोपे के साथी राव साहब, फिरोजशाह और मौलवी फजल हक सबने मिलकर, जो मालवा क्षेत्र में अंग्रेजों को छकाते रहे और अंग्रेजों से अनेक लड़ाइयाँ जीतीं। मौलवी फजल हक अपने 480 साथियों के साथ 17 दिसंबर, 1858 में रानौड़ के युद्ध में शहीद हुए।

ऐसे अनेक वाकये हैं, जो हमारी मिल-जुलकर दुःख-दर्द बाँटने की यादगार धरोहर है। इन सबका जिक्र करने का खास मकसद यह है कि इनसे दो बातें साफ होती हैं कि तब हमारा भाईचारा बहुत मजबूत और अभेद्य था। सांप्रदायिक विद्वेष की कोई जगह नहीं थी। दूसरा यह कि यह सब प्रसंग कहीं से भी 'सिपाही विद्रोह' को प्रमाणित नहीं करते हैं, बल्कि यह उजागर करते हैं कि पूरा हिंदुस्तान अंग्रेजों के जालिम राज के खिलाफ कंधे-से-कंधा मिलाकर क्रांति की मशाल जलाई थी।

□

कार्ल मार्क्स ने किया अंग्रेजों की लूट का खुलासा

भारत अंग्रेजी राज कायम होने से पहले विश्व बाजार में अपने उत्पादन का निर्यात और विक्रय करता था, पर लुटेरे और भूखे अंग्रेजों के आने के बाद अतीत का समृद्ध भारत विलायत के माल का गोदाम बनकर रह गया। प्रख्यात चिंतक कार्ल मार्क्स ने हिंदुस्तान पर अंग्रेजों द्वारा की गई तबाही का बड़ा जोरदार खुलासा किया है। उन्होंने लिखा—"हिंदुस्तान हमेशा से दुनिया के लिए सूती वस्त्र बनाने का सबसे बड़ा कारखाना था, जो अंग्रेजों की शातिर कारिस्तानी के कारण विलायती बँटे हुए धागे और सूती माल की बाढ़ से भर गया। यह स्थिति औद्योगिक क्रांति के बाद पैदा हुई। इस क्रांति के होने तक विश्व बाजार बहुत विस्तार ले चुका था। इसमें उत्तरी और दक्षिणी अमेरिका शामिल हुए थे, किंतु इस क्रांति के पहले यूरोपियनों के पास न तो अमेरिका, न एशिया और न यूरोप को बेचने को माल था। यूरोप में, जिसे 'रेनेशा' कहा जाता है, उस समय विश्व बाजार में माल बेचने का कार्य मुख्यत: भारत के हाथ में था। 16वीं से लेकर 18वीं सदी मध्य तक विश्व बाजार में यूरोपीय कंपनियों के कारिंदों की हैसियत लुटेरों की थी। वे न तो कायदे से माल खरीदते थे और न बेचते थे। अपनी हिंसा और लूट के जरिए अराजकता पैदा करना उनका उद्‍देश्य था। भारत में भी अपना राजनीतिक प्रभुत्व स्थापित करने के बाद उन्होंने भारत के विशाल व्यापार साम्राज्य का नाश किया।" इस संबंध में फिर एक जगह कार्ल मार्क्स ने लिखा है—"जैसाकि विदित है कि ईस्ट इंडिया

कंपनी ने भारत पर अपना कब्जा कायम करने के अलावा चाय तथा सामान्य रूप से चीनी के व्यापार पर और यूरोप से तथा यूरोप तक माल ढोने के काम पर इजारा (ठेका) कायम किया। लेकिन भारत का समुद्र तटीय व्यापार और द्वीपों के बीच वाला व्यापार तथा भारत के अंदरूनी हिस्से के व्यापार पर कंपनी के ऊँचे कर्मचारियों का आधिपत्य हो गया। नमक, अफीम, पान और दूसरे माल पर भी अंग्रेजों ने इजारा कायम किया। यह उनके लिए धन कमाने का अटूट स्रोत था। अंग्रेजों की शैतानियत की हद तो देखिए कि उनके कारिंदे स्वयं कीमत तय करते थे और दुःखी हिंदुस्तानियों को इच्छानुसार लूटते थे। गवर्नर जनरल स्वयं इस निजी व्यापार में हिस्सा बँटाता था। उसके जो चहेते थे, उन्हें ठेके ऐसी शर्तों पर दिए जाते थे, जिससे कि वे कीमियागरों से भी अधिक चालाकी से सोना बना सकें और सोना भी बिना कुछ मेहनत और खर्च के बन जाए। लोग खूब धनी बन गए। कुकुरमुत्ते की भाँति रातोरात बड़ा आकार ले लिया। धन शोषण का यह चक्र बराबर जारी रहा।" वारेन हेस्टिंग्स पर चले मुकदमे में ऐसे उदाहरणों की भरमार है, उनमें से एक बानगी देखिए—किसी एक सलीबैन को अफीम का ठेका दिया गया। यह ठेका उसे उस समय और उस जगह दिया गया, जहाँ वह तैनात था, वहाँ अफीम होती ही न थी। सलीबैन ने अपना ठेका 'बिन' नामक आदमी को चालीस हजार पौंड में बेच दिया। बिन ने बिना पल गँवाए, उसी दिन किसी दूसरे को साठ हजार पौंड में बेच दिया और आखिर में जिस आदमी ने ठेका खरीदा, उसका बयान यह था कि इतनी कीमत चुकाने पर भी उसने भारी रकम कमाई। ऐसी लूट की नजीरें दुनिया में बहुत कम देखने को मिलेंगी। उन्हीं दिनों पार्लियामेंट के सामने कारिंदों की भेंट लेने की सूची चस्पाँ की गई। उसके अनुसार कंपनी के कारिंदों ने 1757 से लेकर 1768 तक केवल ग्यारह वर्ष में 60 लाख पौंड केवल भेंट और नजराने के रूप में प्राप्त किए। बेरहम लूट का एक हवाला और दिया गया है। सन् 1700 से लेकर 1770 तक अंग्रेजों ने सभी तरह के चावल खरीदकर और उन्हें बेचने पर पाबंदी लगाकर जब तक ऊँचा दाम न मिले, इसी वजह से भुखमरी की स्थिति पैदा कर दी।

यह भुखमरी ठेके पर माल खरीदकर केवल इसलिए अंग्रेज पैदा कर सके, क्योंकि राजनीतिक सत्ता उनके हाथ में थी। बिना राजनीतिक प्रभाव के व्यापार में वे भारत के आगे कहीं नहीं ठहरते थे। जबकि भारत ने विश्व बाजार में अपनी ऊँची हैसियत, स्वस्थ और उचित व्यापार के जरिए बनाई थी। यूरोप का सोना भारतीय माल के एवज में हिंदुस्तान आता था। यूरोप भारतीय श्रम से तैयार की गई सुंदर वस्तुओं के बदले में अपनी कीमती धातुएँ हिंदुस्तान को बाकायदा अदा करता था। तब यूरोप के सौदागर सोना देने को इसलिए बाध्य थे, क्योंकि उनके पास हिंदुस्तानी माल के एवज में देने के लिए और कुछ नहीं था। अंग्रेजों ने वही सोना लूट के जरिए वापस इंग्लैंड भेज दिया। दुनिया में भारत की जो व्यापारिक स्थिति थी, वही फिर ब्रिटेन की हो गई। यह हमारी बदनसीबी है कि औद्योगिक क्रांति के बाद ब्रिटेन की स्थिति से सब परिचित हैं, पर क्रांति के पूर्व हिंदुस्तान के उस सुनहरे अध्याय को सब भूल गए।

मार्क्स ने 1857 के संग्राम को इस बुनियाद का नतीजा मानते हुए, पूरे मुल्क के असंतोष और आक्रोश का कारण माना है। उन्होंने इस पुष्ठ आधार पर ही अंग्रेजों की 'सिपाही विद्रोह' की अवधारणा को सिरे से खारिज किया है।

(11.07.2007)

□

निजाम की अंग्रेजपरस्ती और जोरापुर के नाबालिग महाराज की शहादत

हैदराबाद हिंदुस्तान के दक्षिणी भाग का एक महत्त्वपूर्ण केंद्र है। वहाँ के निजाम अपनी बड़ी हैसियत रखते थे। 1857 में निजाम हैदराबाद ने इनकलाबियों का तो साथ दिया ही नहीं, उलटे उनके खिलाफ अंग्रेज हुकूमत की साजिश के हिस्से बने। एक अंग्रेज इतिहासकार में लिखा है कि तीन महीने तक हिंदुस्तान की किस्मत निजाम अफजलदुल्ला और उसके वजीर सर सालारजंग के हाथ में थी। बिला शक अगर हैदराबाद का निजाम इनकलाबियों का साथ दे जाता तो सारे दक्षिण में एक खौफनाक आग लग जाती। जून और जुलाई 1857 में हैदराबाद के बाशिंदों के अंदर इनकलाब की तरफ बेहद जोश दिखाई दिया। बड़े-बड़े मौलवियों ने अंग्रेजों के खिलाफ फतवे निकाले। इनकलाब की तरफदारी में हजारों पुस्तकें बाँटी गईं। 1857 मसजिदों में बड़ी-बड़ी मजलिसें हुईं। कुछ मुसलमान सिपाही भी बिगड़े, लेकिन निजाम और उसके वजीर ने अंग्रेजों का सच्चा साथ दिया। इनकलाबी रहनुमाओं को पकड़कर कंपनी की फौज की मदद से इनकलाबी अंग्रेजों के हवाले कर दिया। खुद सिपाहियों को कटवा डाला और हैदराबाद को बचा लिया। यदि निजाम अंग्रेजों का साथ नहीं देते और इनकलाबियों का साथ न सही, उनकी थोड़ी सी ही हौसलाअफजाई कर दी जाती तो हिंदुस्तान की तकदीर का नक्शा ही बदल जाता। अंग्रेज उत्तर भारत में बागियों से बुरी तरह जूझ रहे थे। यदि दक्षिण में भी उस समय विद्रोह भड़क पड़ता तो अंग्रेजों की ताकत बँटती और

ताकत बँटती तो उत्तर भारत के क्रांतिकारियों को कामयाबी-दर-कामयाबी मिलना जारी रहता।

दक्षिण भारत के स्वतंत्रता संग्राम में जहाँ यह एक काला अध्याय है, वही हैदराबाद के बिल्कुल नजदीक एक छोटी सी रियासत जोरापुर के नाबालिग महाराज की हुंकार मुल्क-परस्ती और उनकी शहादत पर हम फख्र कर सकते हैं। ये महाराज बहुत कम उम्र के थे, पर मुल्क के लिए उनके दिल में शोले भड़कते थे। वे इनकलाबियों के बड़े खैरख्वाह थे। अंग्रेजों से लड़ने के लिए इस नौजवान ने फौज जमा कर ली थी। फरवरी 1858 ने अरब और रूहेले पठानों की एक में यह महाराजा हैदराबाद आए, तभी निजाम के वजीर सर सालारजंग ने उन्हें गिरफ्तार कर अंग्रेजों के हवाले कर दिया। गिरफ्तारी के बाद इस नौजवान राजा का बरताव बेहद काबिल-ए-तारीफ और बहादुराना था। एक अंग्रेज अफसर मैडोज टेलर के साथ इस नौजवान का बड़ा मेल-जोल था और उसे यह 'अप्पा' कहते थे। जेल में वही अफसर उनसे मिलने आया। नौजवान महाराज का मुल्क पर मर-मिटने का कैसा अजीब जोश था, यह टेलर ने अपनी लिखी पुस्तक 'स्टोरी ऑफ माई लाइफ' में खुद इसका जिक्र किया है। यह वाक्य 'मडोज टेलर जब नौजवान महाराजा से जेल में मिलने गया', उस बातचीत का है। अंग्रेज अफसर से मिलने पर वे महाराज उससे उसी इज्जत के साथ पेश आए। टेलर ने नौजवान से कहा कि अपने दूसरे इनकलाबी रहनुमाओं के नाम बताओ। तब नौजवान ने कहा कि 'अप्पा नहीं, मैं ऐसा कभी नहीं करूँगा। आप मुझे सलाह देते हैं कि रेजिडेंट से मिल लूँ, लेकिन मैं यह भी नहीं करूँगा। शायद रेजिडेंट को यह उम्मीद होगी कि मैं अपनी जान की भीख माँगूँगा, लेकिन अप्पा, मैं दूसरे की भीख पर बुजदिल की तरह जीना नहीं चाहता और न ही मैं कभी अपने मुल्कवालों के नाम जाहिर करूँगा।'

टेलर एक दिन फिर नौजवान के पास मिलने आया। उसने फिर कहा कि अगर तुम दूसरों के नाम बता दोगे तो तुम्हें माफी मिल जाएगी। तब नौजवान का जवाब मुल्क के लिए मर-मिटने की पुरजोर ख्वाहिश से भरा था। उन्होंने

कहा कि 'क्यों, जबकि मैं मौत के मुँह में जाने के लिए तैयार हूँ, क्या मैं दगा करके अपने मुल्क वालों के नाम जाहिर करूँगा? नहीं, नहीं। तोप, फाँसी, कालापानी कोई भी इनमें से इतना खौफनाक नहीं है, जितना दगा।' टेलर ने महाराजा से कहा कि तुम्हें सजा-ए-मौत हो जाएगी। तब फिर उनका जवाब था, 'लेकिन अप्पा, मुझे एक दरख्वास्त करनी है। मुझे फाँसी न देना, मैं चोर नहीं हूँ, मुझे तोप के मुँह से उड़वाना, फिर देखना कि मैं कितने इत्मीनान के साथ तोप के मुँह पर खड़ा होता हूँ!' टेलर के कहने-सुनने से इस नौजवान को सजा-ए-मौत की जगह कालापानी की सजा दी गई। जब उसे कालापानी ले जाया जा रहा था, तब महाराजा ने अपने किसी अंग्रेज पहरेदार से खेल-खेल में पिस्तौल ले ली और मौका पाकर अपने ऊपर गोली चलाकर अपनी मौत खुद अपने हाथों पर ली। इसके पहले उन्होंने कहा था कि 'मैं कालापानी से मौत ज्यादा पसंद करता हूँ। कैद और कालापानी की मेरी रिआया में से छोटे-से-छोटा पहाड़ी भी जेल में रहना पसंद न करेगा। फिर मैं तो उनका राजा हूँ'।

जहाँ मुल्क के साथ गद्दारी का सिलसिला हमें शर्मसार करता है, वहाँ हँसते-हँसते मुल्क पर कुरबान होनेवाले ऐसे जाँबाज वीर हमारा मान बढ़ाते हैं। उनके लिए वतन और वतन की मिट्टी सबकुछ थी। अपना जीवन तो वे उस पर पल भर में न्योछावर करने को तैयार रहते थे। ऐसे शहीदों को बार-बार सलाम!

□

विक्टोरिया का फरेब, बेगम हजरत महल का जवाब

मल्लिका-ए-विक्टोरिया द्वारा 1857 में आए भयंकर भूचाल के बाद कंपनी का राज्य खत्म कर अपना राज्य कायम करने के मौके पर हिंदुस्तान की जनता के लिए उनका एक ऐलान जारी किया गया। सच में यह ऐलान छल-फरेब के अलावा और कुछ नहीं था। हालाँकि, लगभग पूरे हिंदुस्तान की तरह अंग्रेजों ने लखनऊ का भी रुख किया, पर लखनऊ की बेगम हजरत महल बेहद बहादुर थीं और उनके अपनी रिआया से बहुत अच्छे ताल्लुक थे। अनेक सरदार-जमींदार उनकी बहुत इज्जत करते थे। अपने हुसैनी मिजाज की वजह से वे हमेशा हिंदुस्तान की तारीफ में सुनहरे पन्नों में दर्ज रहेंगी। यहाँ मल्लिका-ए-विक्टोरिया का ऐलान और उसके बरखिलाफ बेगम हजरत महल का जवाब में जारी किया गया ऐलान आपकी नजर है।

पहली नवंबर को हिंदुस्तानी बालियान रियासत और हिंदुस्तानी रिआया के नाम मल्लिका-ए-विक्टोरिया का एक ऐलान साया किया गया। किले के नीचे यह ऐलान हजारों आदमियों को पढ़कर सुनाया गया। इस ऐलान के मार्फत हिंदुस्तानियों को इत्तिला दी गई—'कंपनी का राज्य अब से खत्म', उसकी जगह पर हिंदुस्तान की हुकूमत की बागडोर हमने, यानी मल्लिका-ए-विक्टोरिया ने अपने हाथों में ले ली है। सिवाय उन लोगों के, जो हमारी रिआया के कत्ल में हिस्सा लेने के मुजरिम हैं, बाकी जो लोग भी हथियार रख देंगे, उन सबको माफ कर दिया जाएगा। हिंदुस्तानियों को गोद लेने की रस्म

आइंदा से जायज समझी जाएगी और गोद लिये लड़कों को बाप की जायदाद और गद्दी का मालिक माना जाएगा। किसी के मजहबी अकीदों या मजहबी रस्मो-रिवाज में किसी तरह की मदाखलत न की जाएगी। हिंदुस्तानी बालियान रिआया के साथ कंपनी ने इस वक्त तक जितने अहदनामे किए हैं, उनकी सब शर्तों का आइंदा ईमानदारी के साथ अमलदरामद किया जाएगा। इसके बाद किसी हिंदुस्तानी रईस की रियासत या उसका कोई हक न छीना जाएगा। सारे हिंदुस्तानियों के साथ भी उसी तरह का बरताव किया जाएगा, जिस तरह का अंग्रेजों के साथ।'

इस ऐलान के साया होते ही बेगम हजरत महल की तरफ से इस ऐलान के जवाब में अवध की तमाम रिआया के नाम एक ऐलान साया हुआ। यह ऐलान हिंदुस्तानी जबान में था। पहली नवंबर 1858 का ऐलान, जो हमारे सामने आया है, यह बिल्कुल साफ है, इसलिए हम बहुत सोच-समझकर मौजूदा ऐलान साया करते हैं, ताकि विक्टोरिया वाले ऐलान के खास-खास असली मकसद जाहिर हो जाएँ और हमारी रिआया होशियार हो जाए।

इस ऐलान में लिखा है कि मुल्क हिंदुस्तान, जो अभी तक कंपनी के सुपुर्द था, अब मल्लिका-ए-विक्टोरिया ने अपनी हुकूमत में लिया है और आइंदा से मल्लिका के कानूनों को माना जाएगा। हमारी मजहबी रिआया को इस पर ऐतबार नहीं करना चाहिए, क्योंकि कंपनी के कानून कंपनी के अंग्रेज मुलाजिम कंपनी का गवर्नर जनरल और कंपनी की अदालतें वगैरह सब ज्यों-की-त्यों बनी रहेंगी तो फिर वह नई बात कौन सी हुई, जिससे अवाम को फायदा हो या जिस पर वह भरोसा कर सके ?

इस ऐलान में कंपनी ने जो-जो वादे और अहद किए हैं, मल्लिका उन्हें मंजूर करेंगी। लोगों को चाहिए कि इस चाल को गौर से देख लें। कंपनी ने सारे हिंदुस्तान पर कब्जा कर लिया है और अगर यह बात कायम रही तो फिर इसमें नई बात क्या रही ? कंपनी ने भरतपुर के राजा को पहले अपना बेटा बनाया और फिर उसका इलाका ले लिया। लाहौर के राजा को वे लंदन ले गए और फिर कभी उसे हिंदुस्तान लौटने न दिया। नवाब शमसुद्दीन खान को

एक तरफ उन्होंने फाँसी पर लटका दिया और दूसरी तरफ उसे सलाम किया। पेशवा को उन्होंने पूना और सतारा से निकाल दिया। उसे जिंदगी भर को बिठूर में कैदकर दिया। बनारस के राजा को उन्होंने आगरा में कैद कर लिया दिया। बिहार, उड़ीसा और बंगाल के राजाओं का उन्होंने नामो-निशान तक नहीं छोड़ा। खुद हमारे कदीम इलाके उन्होंने हमसे यह बहाना करके ले लिये कि फौज को तनख्वाहें देना है और हमारे साथ जो अहदनामा किया, उसकी तरफदारी में उन्होंने यह कसम खाई कि हम आपसे और ज्यादा कुछ न लेंगे। इसलिए जो इंतजाम कंपनी ने कर रखे हैं, वे सब अगर कायम रखे जाएँगे तो इससे पहले की हालत में और अब इस नई हालत में क्या फर्क हुआ है ? यह सब तो पुरानी बातें हैं; लेकिन हाल में भी कसमों और अहदनामों को तोड़कर और बावजूद इस बात के कि अंग्रेजों ने हमसे करोड़ों रुपए कर्ज के ले रखे थे। उन्होंने बगैर किसी वजह के सिर्फ यह बहाना लेकर कि आपका बरताव अच्छा नहीं है और आपकी रिआया गैर-मुतमईन (असंतुष्ट) है, हमारा मुल्क और करोड़ों का माल हम से छीन लिया। अगर हमारी रिआया हमसे पहले के नवाब वाजिद अली शाह से गैर-मुतमईन थी तो वह हमसे मुतमईन कैसे हो गई ? और कभी भी किसी भी फरमानों के लिए रिआया ने अपनी जान और माल को इस तरह कुरबान करके अपनी वफादारी का सबूत नहीं दिया, जिस तरह कि हमारी रिआया ने हमारे साथ किया है।

फिर क्या कमी है कि वह हमारा मुल्क हमें वापस नहीं देते ? इसके अलावा उस ऐलान में लिखा है कि मल्लिका को अपना इलाका बढ़ाने की ख्वाहिश नहीं है, फिर भी वह इन हिंदुस्तानी रियासतों को अपनी हुकूमत में मिला लेने से बाज नहीं रह सकती।

उस ऐलान में लिखा है कि ईसाई मजहब सच्चा है, लेकिन और किसी मजहब वालों के साथ ज्यादती नहीं की जाएगी और सबके साथ एक तरह का कानूनी बरताव किया जाएगा। सच्चे निजाम हुकूमत से किसी मजहब के सच्चे या झूठे होने से क्या ताल्लुक है ? सूअर खाना और शराब पीना, चरबी के कारतूस दाँत से काटना और आटे और मिठाइयों में सूअर की चरबी मिलाना,

सड़कें बनाने के बहाने मंदिरों और मसजिदों को गिराना, गिरजाघर बनाना, गलियों और कूँचों में ईसाई मजहब की तबलीग करने के लिए पादरियों को भेजना, इन सब बातों के होते हुए लोग कैसे यकीन कर सकते हैं कि उनके मजहब में दखल न दिया जाएगा? इस ऐलान में लिखा है कि जिन लोगों ने कत्ल किए हैं या कत्लोगारत में मदद दी है, उन पर कोई रहम न किया जाएगा। बाकी सबको माफ कर दिया जाएगा। एक बेवकूफ आदमी भी देख सकता है कि इस ऐलान के मुताबिक कसूरवार या बेकसूर कोई आदमी भी नहीं बच सकता। एक बात उसमें साफ कही गई है, वह यह कि किसी भी कसूरवार आदमी को न छोड़ा जाएगा। इसलिए जिन गाँवों या इलाकों में हमारी फौज ठहरी है, उसके बाशिंदे नहीं बच सकते। उसे ऐलान को पढ़कर, जिसमें कि साफ दुश्मनी भरी हुई है, हमें अपनी प्यारी रिआया की हालत पर बहुत अफसोस है। अब हम एक साफ जुबान में बयान जारी करते हैं कि हमारी रिआया में से जिन-जिन लोगों ने बेवकूफी करके गाँवों के मुखियों की हैसियत से अपने तईं अंग्रेजों के सामने पेश किया है, वह पहली जनवरी 1859 से पहले हमारे कैंप में हाजिर हो, बिला सुबहा उनका कसूर माफ कर दिया जाएगा। आज तक कभी किसी ने नहीं देखा कि अंग्रेजों ने किसी का कसूर माफ किया हो!

□

लाहौर की शेरनी महारानी झिंदा का पराक्रम

भारतवर्ष का प्रथम स्वतंत्रता संग्राम निश्चय ही हमारे गौरव की श्रेष्ठ कहानी है। बादशाह सलामत से लेकर रानी लक्ष्मीबाई, बेगम हजरत महल, नाना साहब पेशवा, तात्या टोपे, बाबू कुँवर सिंह, अजीमुल्लाह जैसे स्वनामधन्य प्रतापी बलिदानियों की अमर कहानी 150 वर्ष बाद भी हर हिंदुस्तानी के मन में आत्मसम्मान और जोश का संचार करती है। पर यह तथ्य भी विचारणीय है कि अनेक यशस्वी सेनानी तो जनमानस की स्मृति में विद्यमान हैं, पर ऐसे भी अनेक चरित्र हैं, जिन्हें इतिहास में समुचित स्थान नहीं मिल पाया।

महारानी झिंदा के अनुपम साहस और उनके देशाभिमान से भी हम झंकृत हो उठते हैं। इनके कृतित्व पर हम सभी अभिमान करते हैं। महाराजा रणजीत सिंह के शौर्य से कौन परिचित नहीं है! उन्होंने अपने उदात्त गुणों के कारण इतिहास में एक अनूठा स्थान प्राप्त किया। महारानी झिंदा, लाहौर की शेरनी, उनकी सबसे छोटी रानी थी। 1839 में जब महाराजा वीरगति को प्राप्त हो गए तो वहाँ के हालात बड़े विकराल थे। राज्य पंजाब पर भेड़िए अंग्रेज हर हाल में अपनी गिद्ध दृष्टि लगाए हुए थे। पर इधर महारानी झिंदा के इरादे भी हिमालय की तरह बुलंद थे। वे अंग्रेजों की सबसे बड़े दुश्मन के रूप में अपने तीखे तेवरों से मशहूर हुईं। महारानी झिंदा ने परदे से बाहर निकलकर अपनी सेना को तैयार कर उनका मनोबल और उत्साह ओज भरे व्याख्यान देकर बढ़ाया।

अपने 5 वर्षीय पुत्र चि. दिलीप सिंह को राजा घोषित कर राज की बागडोर अपने हाथ में ले ली।

उनके मन में उत्कट अभिलाषा थी कि देश के राजा-महाराजा हमें अंग्रेजों को भगाने में सहायता करें, पर यह देश का दुर्भाग्य ही रहा कि उस वीरांगना का किसी ने साथ नहीं दिया। वे इतनी तेजवान थीं कि लॉर्ड डलहौजी ने उनके तेवर देखते हुए कहा था कि राज्य की सारी सैन्यशक्ति से भी रानी झिंदा कहीं अधिक शक्तिशाली हैं।

1845 में जब सिखों और अंग्रेजों का युद्ध छिड़ा, तब वहाँ के विद्रोहियों ने डटकर मुकाबला किया और इतिहास के पन्नों में अपनी बहादुरी के कारनामे हमेशा के लिए दर्ज करा दिए। पंजाब की वीरांगना की शान से देश परिचित हुआ।

हिंदुस्तान की बदकिस्मती ने इनके साथ भी वैसा ही खेल खेला, जैसा हमारे अनेक स्वनामधन्य सेनानियों के शौर्य के साथ होता आया। उन्हें भी विकट समस्या ने आ घेरा। नौजवान महाराजा दिलीप सिंह को अंग्रेजों ने अपने साथ मिला लिया और महारानी झिंदा को राज कार्य से पृथक् कर दिया। महज उनके भरण-पोषण के लिए डेढ़ लाख रुपए की पेंशन निर्धारित कर दी गई।

लाहौर की शेरनी के लिए यह अपमानजनक व्यथा थी, उनके स्वाभिमान को भारी ठेस लगी। उन्होंने गुप्त रूप से अंग्रेजों के खिलाफ मुहिम जारी रखी। अंग्रेज भी चौकन्ने थे, उन्हें रानी की कारगुजारी का पता लग गया। अंग्रेजों ने छल-कपट द्वारा उन्हें बंदी बना लिया और फिरोजपुर जेल में बंद कर दिया। बाद में उन्हें बनारस भेज दिया।

पंजाब के बहादुर देशवासियों के लिए यह खबर सचमुच बड़ी भयानक थी। पंजाब में विद्रोह भड़क उठा। 1849 में विलयानवाला में घमासान युद्ध हुआ। इस युद्ध में अंग्रेजों को मुँह की खानी पड़ी। फिर अंग्रेजों से विद्रोहियों का गुजरात में रण हुआ। इसमें अंग्रेजों की फतह हुई। यह समाचार महारानी झिंदा के लिए अत्यंत कष्टकारी था।

वे देश के लिए कुछ करने की उत्कट अभिलाषा से जेल की बेड़ियाँ

काटकर संन्यासिनी का वेश धरकर फरार हो गईं। उन्होंने गंगा पार कर नेपाल की ओर प्रस्थान किया। अंग्रेजों ने पीछा किया, पर वे रानी को पकड़ न सके। आखिर वे 1849 में नेपाल पहुँचीं, पर हिंदुस्तान से फिरंगियों को बेदखल करने की आग उनके सीने में सुलगती ही रही। वे फिर इस उद्योग में लग गईं। यह वह समय था, जब बेगम हजरत महल और धोंडूपंत नाना साहब पेशवा भी भारत छोड़कर नेपाल पहुँचे, तब अंग्रेजों ने महारानी झिंदा पर और चौकसी बढ़ा दी।

आखिर 1863 में 44 वर्ष की अल्पायु में उनका निधन हुआ और एक वीरांगना की आजादी की हसरत यहीं रुक गई। ऐसी देशभिमानी, अपार बलशाली, तेजस्वी वीरांगनाओं से हमारे नारी समाज का मान दुनिया भर में प्रशंसित है।

□

मैना का बलिदान, हमारा अभिमान

अठारह सौ सत्तावन के वीर नायक नाना साहब धोंडूपंत पेशवा के प्रति तो भारत सदैव कृतज्ञ रहेगा ही, पर उनकी नाबालिग 13 वर्षीय तरुण पुत्री मैना का अद्‌भुत शौर्ययुक्त प्राणोत्सर्ग का इतिहास भी हमें तरंगायित करता है। यह वह वीर चरित्र है, जो किशोर बालाओं का मान बढ़ाता है।

जब नाना साहब पेशवा क्रांतिकारियों बुलावों के कारण कानपुर से प्रस्थान कर रहे थे, तब उन्होंने अपनी साहसी वीर पुत्री को कानपुर की क्रांति की मशाल सौंपी। क्रांतिकारी बड़े वेग से अंग्रेज छावनियों पर हमला बोलकर फिरंगियों को मौत के घाट उतार रहे थे। अपने तेजबल से क्रांतिकारियों ने कानपुर ले लिया, पर इस पराजय की खबर जब इलाहाबाद पहुँची तो अंग्रेज गुस्से से जल-भुन गए। उन्होंने तुरंत सेना को कानपुर भेजा और सेना ने कानपुर को घेर लिया। इधर मैना ने भी अपनी विद्रोही सेना को टुकड़ियों में बाँट दिया और ऐसा भीषण संग्राम किया कि अंग्रेज भागने को मजबूर होने लगे, पर तभी जनरल माउंट हजारों की सेना लेकर कानपुर पर चढ़ आया। लस्त-पस्त अंग्रेजों की फौज में जोश भर गया और वे भी दुगने वेग से आक्रमण करने लगे। उनकी फौज के तीखे तेवरों के आगे क्रांतिकारियों के औसान डिगने लगे, कई क्रांतिकारी वीरगति को प्राप्त होने लगे। उधर तात्या टोपे भी अंग्रेजों से घिर गए, मैना चिंतातुर हो गई। वह तात्या टोपे को खोना। नहीं चाहती थी। तात्या टोपे को बचाने के लिए वह नन्ही वीर सेनानी अपना पूरा बुद्धिबल लगाते हुए अंग्रेजों के सम्मुख पहुँच गई और पूरे वेग से उन पर हमला कर दिया। अंग्रेज घबरा गए और तात्या टोपे को भागने का मौका हाथ लग गया। मैना दूर तक अंग्रेजों का पीछा करती रही। थककर चूर मैना अब विश्राम चाहती थी। ऐसे समय पर

सरदार टीका सिंह ने अंग्रेजों पर धावा बोल दिया। मैना को भी अवसर मिल गया और वे भी निकल भागी। गंगा किनारे तात्या टोपे के साथ वह आगे की रणनीति बना ही रही थी कि अंग्रेज आ धमके। तात्या टोपे तो नदी पार कर निकल भागे, पर मैना घिर गई। गजब का जोश था मैना में। तब भी उसने हार न मानी और अंग्रेजों से दो-दो हाथ करने लगी, पर तभी अंग्रेजों की एक टुकड़ी और आ पहुँची। घायल शेरनी की तरह वह लड़ती ही रही, पर जख्मी हालत में उसके हाथ से तलवार छूट गई। शत्रुओं ने बिना पल गँवाए मैना को गिरफ्तार कर लिया। अंग्रेज सेनापति ने जब इस तरुणी से उसका नाम पूछा तो उसने कहा, 'मेरा नाम 'मैना'। मैं नाना साहब धोंडूपंत पेशवा की बेटी हूँ।' अंग्रेज सेनापति बोला, 'हमारा सख्त दुश्मन नाना पेशवा तुम्हारा बाप है! अच्छा तो तुम अपने बाप का पता बताओ। तुम तो जानती ही होगी, वे कहाँ हैं?' 13 वर्ष की किशोर मैना को देखिए। उसने निडर हो सगर्व दिया, 'हाँ, वे मेरे पिता हैं। मैं पूरा पता-ठिकाना जानती हूँ, पर बताऊँगी नहीं।' अंग्रेज ने कहा, 'यदि बता दोगी तो तुम्हें माफ ही नहीं किया जाएगा, कंपनी तमाम इनाम इकराम देगी, वरना जिंदा आग के हवाले कर दी जाओगी।' मैना के जवाब पर हमें सचमुच अभिमान होता है। उसने कहा, 'तुम विदेशी क्या जानो कि देश की वीर नारियों और आग का क्या रिश्ता है? यहाँ तो बैरियों की हवस का जवाब ही हमारी परंपरा आग में सशरीर स्वाहा होकर देती आई है। तुम्हारा फैसला तो हमारे हक में जाता है।

'हम पिता का ठिकाना तो कभी नहीं बता सकते। मेरा भी फर्ज कहता है कि मुल्क पर कुरबान हो जाऊँ।' अंग्रेज होंठ चबाते हुए चिल्ला उठा, 'इस शैतान लड़की को आग में झोंक दो!' मैना खुशी-खुशी आग की भेंट चढ़ गई। उसने देश की खातिर कोई समझौता नहीं किया। उसने देश को सिर-माथे रखा और देश के लिए खुद को राख में मिला दिया।

ऐसे ही प्रणम्य चरित्रों से हमारी बलिदान गाथा कुंदन की भाँति दमकती है। बस जरूरत है, आज की नौजवान पीढ़ी इनसे देश के लिए जीना-मरना न सही, कुछ करना ही सीखे, तो यह मैना जैसी वीरांगनाओं के प्रति सच्ची श्रद्धांजलि होगी।

□

दुश्मन, जिनकी शान में कसीदे पढ़ता था

शेर का जिगर पाया था मौलवी अहमद शाह ने। वे फैजाबाद के विद्रोह के नायक थे। लखनऊ में भी उन्होंने बड़े हंगामे किए। यह हिंदुस्तान की बदकिस्मती की ही मिसाल है, जिसे बैरी ने भी सराहा। उस शेरदिल को हमारे ही देश के राजा ने न केवल मौत के घाट उतरवा दिया, बल्कि मौलवी का सिर काटकर अपनी अंग्रेजपरस्ती का सबूत और उनकी खैरख्वाही में इजाफे के लिए उनकी नजर किया। हालाँकि, इस एवज में उस राजा को 50,444 रुपए का इनाम इकराम मिला। यह उसकी मुराद हो सकती थीं, लेकिन हिंदुस्तान को उसकी इस नीच हरकत से शर्मिंदा होना पड़ा। यह सचमुच हमारे इतिहास का हमेशा के लिए भयंकर कलंकी अध्याय होकर हमें और हमारी आगे की पीढ़ी को सालता रहेगा। मुल्क को शर्मसार करनेवाला यह राजा था जगन्नाथ सिंह पवाया।

वैसे राजा मौलवी से मेल-मिलाप रखता था, पर अंदर-ही-अंदर मौलवी से खौफ खाता था। इस कृतघ्नता से उसके दो मतलब हल हुए—एक, मौलवी से मुक्ति और दूसरा, अंग्रेज प्रभुओं की प्रसन्नता। पर मौलवी के शहीद होने पर अंग्रेज इतिहासविद् मैल्सन ने एक देशभक्त और इनसान के रूप में उनकी भूरि-भूरि प्रशंसा करते हुए लिखा कि अगर देशभक्त वह व्यक्ति है, जो अपनी मातृभूमि की स्वतंत्रता के लिए लड़ता है तो निश्चित रूप से मौलवी एक सच्चे देशभक्त थे। उनकी तलवार पर हत्याओं के धब्बे नहीं थे। उन्होंने कोई गुनाह नहीं किया था। वे एक इनसान की तरह इज्जत और दृढ़ता से उन अजनबियों के खिलाफ लड़े थे, जिन्होंने उनके देश पर कब्जा कर लिया था। हर देश

के बहादुर और साफ दिल के लोग उनकी इज्जत से याद करेंगे। इसी तरह सर टॉमस सीटन ने कहा कि वे प्रखर योग्यता, अपार साहस और अडिग इच्छाशक्ति के धनी थे और विद्रोही सैनिकों में सर्वश्रेष्ठ थे।

यह अल्हड़, मस्त फकीर मौलवी अहमद शाह बादशाह बहादुरशाह जफर के सिलसिले से थे। मौलवी बादशाह के भाई मिर्जा बावर, जो अपने वालिद हुजूर के सामने ही इंतकाल फरमा गए थे, उनके बेटे मिर्जा कामरान के लख्त-ए-जिगर थे। एक बार इनके अब्बा हुजूर ने उन्हें एक सबक याद करने के लिए दिया। सबक याद न कर पाने के कारण उन्होंने उनके गाल पर चाँटा रसीद कर दिया, बस वे जनाब गुस्से में आकर महल छोड़कर भाग गए। तब उनकी उम्र महज 11 वर्ष थी। लगातार 20 वर्ष तक फकीर बने, दुनिया की खाक छानते फिरे और इस बीच ईरान, रोम विलायत के कई मुल्कों की सैर की। उन्होंने दुनिया की 7 भाषाएँ सीखीं, फिर मद्रास में भी आकर तालीम हासिल की। काफी अरसे तक वहीं के होकर रहे। फिर घूमने के लिहाज से ग्वालियर आए और ग्वालियर आकर यहाँ के पहुँचे हुए दरवेश मियाँ तुराब शाह के मुरीद हो गए। मियाँ तुराब शाह ने उनका नाम अहमद शाह से अहमदुल्ला शाह कर दिया। एक दिन उन्होंने मस्ती में आकर मौलवी से कहा, 'जा, तुझे अवध का बादशाह बनाया।' मौलवी को अपने पीर पर पूरा यकीन था। बस वहीं से उन्हीं के मुरीदों से 3-4 घोड़ों का इंतजाम कराया। रास्ते में 10-15 को अपना मुरीद बनाया और चल दिए कानपुर की ओर। आगे एक घोड़े पर नगाड़ा रखा और काफिले के साथ चल दिए। कानपुर होते हुए अंग्रेजों द्वारा जीते गए लखनऊ पहुँचे। अब उनके साथ हथियारों से लैस 15-20 लोग और हो गए। रास्ते में कोई पूछता तो कहते कि 'हम हैं अवध के बादशाह!' लोग उनके इकबाल के आगे झुक जाते और उन्हें नजराने देते।

खुलेआम अंग्रेजों के खिलाफ ललकार लगाते, उन्हें गालियाँ देते। पुलिस ने यह बात कमिश्नर तक पहुँचाई। कमिश्नर ने हुक्म दिया, 'उनके हथियार ले लो', जब पुलिस ने उनसे हथियार रखने को कहा, वे तो और भड़क गए। कहा, 'बादशाह कहीं हथियार डालते हैं? बादशाह से हथियार कौन ले

सकता है ?' आखिर पुलिस ने उन्हें लखनऊ छोड़ने पर राजी कर लिया और वे फैजाबाद को चल दिए। फैजाबाद में भी वही हाल, पुलिस उनके हथियार जब्त करने पर उतारू और वे लड़ाई पर उतारू! आखिर लड़ाई हुई। एक-दो पुलिसवाले मारे गए और कुछ घायल हो गए। सेना ने आकर काबू पाया और उन्हें गिरफ्तार कर लिया गया। मजिस्ट्रेट के सामने भी वे बेखौफ रहे और उन्हें भी गालियाँ दीं। जेल भेज दिए गए। जेल में भी उनका रुतबा बुलंद रहा। वहाँ भी वे किसी को कुछ न समझते थे। इधर बागियों ने जेल तोड़कर कैदियों को छुड़ा लिया। मौलवी भी आजाद हुए। बागियों ने उन्हें अपना वली माना और उन्हें बादशाह जैसी ही इज्जत दी। सीतापुर से आई बागी सेना के सैयद बरकत अहमद रिसालदार सेना के कमांडर बने और मौलवी अहमद शाह पूरी सेना के सरदार।

बेगम हजरत महल, श्रीमंत नाना साहब पेशवा, मुहम्मदी नरेश मैयन साहब, शहजादा फिरोजशाह भी उनके अंग्रेजों से मुकाबले में साथ थे। इनसे कैंपबेल को बार-बार मुँह की खानी पड़ी। ऐसे नर नाहर, जिससे अंग्रेज काँपता था, अपनों के हाथों ही शहीद हुए।

वीर सावरकर ने भी मौलवी की भूरि-भूरि प्रशंसा करते हुए लिखा कि मौलवी अहमद शाह ने सिखाया था कि धर्म दो होकर देश के टुकड़े नहीं करवा सकते। मातृभूमि हिंदू-मुसलमान दोनों को ही बराबर प्यारी है। यह वीर ऊँचे कद, इकहरे शरीर का गठा हुआ जवान था। आँखें बड़ी तथा भेदकर देखनेवाली थीं। सच्चे इसलाम को माननेवाला वीर मुसलमान देश की रक्षा के लिए मर-मिट जाना ही भाग्य समझेगा।

□

मादर-ए-वतन पर कुरबान अजीजन को सलाम

हमारी पहली आजादी की जंग में यों तो समूचे हिंदुस्तान की जनता के नुमाइंदे शामिल थे और अपनी हैसियत के हिसाब से भी आगे जाकर हिस्सा ले रहे थे। अंग्रेजों ने ऐसा ख्वाब में भी नहीं सोचा था, जैसा कहर उन्हें झेलना पड़ा। बागी सेना और इनके नायक अंग्रेजों को देश से खदेड़ने में जी-जान से लगे थे। शहादत का ऐसा जुनून था कि हिंदुस्तान के बागी घर-बार ही नहीं, अपने प्राण बेहिचक दाँव पर लगा रहे थे। इस जंग में अनेक नाम हैं, जिनकी खूब इज्जत और शोहरत हमारे इतिहास में दर्ज है। हम सब उनके ऋणी हैं। इसी श्रृंखला में एक नाम है—तवायफ अजीजनबाई का। सच में हम यदि इनका आदर के साथ स्मरण करने में भूल करते हैं तो यह हमारी कृतघ्नता ही मानी जाएगी। अथाह सौंदर्य की स्वामिनी थीं अजंशाजी। हाँ, अजीजन होने के पहले उनका यही नाम था। वे एक जागीरदार की पुत्री थीं। अपने इलाके के एक देवी के मेले में उनके रूप-लावण्य पर मुग्ध होकर शैतान अंग्रेजों ने इस कन्या का अपहरण कर लिया। अंग्रेजों की इस घिनौनी करतूत के खिलाफ कोई मुँह नहीं खोल पाया और अजंशा उनके डेरों की भोग्या बना दी गई। अब अंग्रेज उनके साथ मुँह काला करने लगे। मक्कारी की हद तो तब हो गई, जब उस बाला से उनका मन भर गया तो उसे कोठे पर 500 रुपए में बेच दिया गया। कानपुर के लाठी मोहाल में कोठा चलानेवाली अम्मीजान अब इस तरुणी की सरपरस्त थीं। उस बाई ने अब इनका नाम अजंशा से

अजीजन रखा। अजीजन इसी जिंदगी को अब अपनी नियति मान चुकी थीं। अब उन्होंने बाकायदे नाच-गाने की तालीम हासिल की और मुजरा करते हुए नाम तथा दाम दोनों की मालिक बनीं। बड़े-बड़े अंग्रेज अफसर राव, राजा, अमीर, उमरा उनके कोठे पर हाजिरी देने लगे। हाजिरी ही नहीं देने लगे, बल्कि उनकी नजर और झलक पाने में अपनी खुशकिस्मती मानने लगे। अंग्रेजों से चोट खाई अजीजन के मन में उस जमात के खिलाफ बड़ी नफरत भर गई थी। वे अब अंग्रेजों से बदला लेने की फिराक में रहने लगीं। तभी उन्होंने वीर तात्या टोपे की शोहरत सुनी। वे उनके हैरतअंगेज कारनामे सुन-सुनकर मन-ही-मन उनकी उपासिका बन बैठीं। तात्या टोपे की बिना जानकारी के उनका यह इकतरफा समर्पण था। तात्या के पराक्रम और अंग्रेजों को मुल्क से बेदखल करने की उनकी पुरजोर कोशिश की वे बहुत बड़ी तरफदार बन गईं और तात्या टोपे के लिए अंग्रेजों की जासूसी करने लगीं। वे अंग्रेजों के यहाँ मुजरा करने जातीं और वहाँ के मदहोश अफसरों की सरगोशियाँ और हरकतों पर नजदीक से निगाह रखने लगीं और उन खबरों को तात्या टोपे तक पहुँचाने लगीं। इससे तात्या टोपे को मुनासिब जानकारी और शत्रु से सावधानी दो फायदे मिलते, जो आजादी की लड़ाई में उन्हें बड़ी सहायता पहुँचाते। अजीजन अब देश की सेवा में चल पड़ी थीं। उन्होंने अपनी भूमिका जासूसी तक ही सीमित नहीं रखी। अब वे अपनी 400 हमपेशा सहेलियों को लेकर 'मस्तानी टोली' के रूप इनकलाबियों की सहायता के लिए निकल पड़ीं। उन्हें रसद, गोला-बारूद समय-समय पर पहुँचाने लगीं। अजीजन मौका पाकर अंग्रेजों का सिर भी कलम कर देतीं। अंग्रेजों के कई साथियों के खो जाने के बाद उन्हें अजीजन की हकीकत का पता लगा और उन्हें जल्लाद अंग्रेज हाकिम हेवलॉक के सामने गिरफ्तार कर पेश किया गया। जानवर हैवलॉक भी अजीजन पर मुग्ध हो गया और उसने अजीजन से माफी की पेशकश की, पर अजीजन तो अब मुल्क की खिदमत में कुरबान होने निकल पड़ी थी। अजीजन ने हैवलॉक की एक न सुनी और उन्होंने मुल्क पर मरने का अपना मकसद जाहिर किया और वे तोप से उड़ा दी गई। यहाँ यह भी बताना जरूरी

होगा कि जब अजीजन तात्या को अपना सबकुछ मान बैठीं और उनकी होने के लिए जिद करने लगीं, तब तात्या टोपे का जवाब था कि मेरा पहला मकसद मुल्क की आजादी है। ऐसा जवाब सुनकर अजीजन उदासी के आलम में नहीं चले गईं, बल्कि और अधिक दीवानगी के साथ वीर तात्या टोपे के मकसद को कामयाब करने के लिए आगे बढ़ीं और उन्होंने मादर-ए-वतन पर अपना सबकुछ न्योछावर कर एक इतिहास रचा, जिसे आजाद हिंदुस्तान की आनेवाली पीढ़ियाँ हमेशा इज्जत से याद करेंगी।

□

लम्हों ने खता की, सदियों ने सजा पाई

11 मई को ईस्ट इंडिया कंपनी की सत्ता पर काबिज हुए जाँबाज सिपाहियों की खुशी बहुत कम चल पाई। जिस नफरत, गुस्से और ताकत से उन्होंने दिल्ली में आते ही मगरूर अंग्रेजों का कत्लेआम किया और 'दीन-दीन' का नारा लगाते हुए हरे झंडे तले बहादुर बाबर, अकबर महान् के सिलसिले के लुंज-पुंज पड़े, अवश और निस्तेज जिल्ल-ए-सुब्हानी बहादुरशाह जफर को पूरे हिंदुस्तान की आजादी की लड़ाई का उनकी तमाम ना-नुकुर के बाद उल्लास और उमंग के साथ नायक घोषित किया। वह सैलाब और जुनून कुछ तो बागी सिपाहियों की उद्दंडता, कुछ हरम की दुरभि संधियों और शहजादों तथा अंग्रेजों के छोड़े गद्दार मुखबिरों की वजह से नानाशाह पेशवा, रानी लक्ष्मीबाई, तात्या टोपे की कुशल रणनिपुणता, वतन पर मरने को आतुर 30,000 सेना के साथ दिल्ली आए कमांडर-इन-चीफ बख्त खाँ की हिंदुस्तान को आजाद कराने की ललक के बावजूद बेनतीजा रहा।

आज की ही तारीखें थीं 19-20-21-22 सितंबर, जब हमारी खामियाँ, सिख सिपाहियों का साथ लेकर और छल-कपट से फिर से दिल्ली पर अपना कब्जा बहाल कर लिया। यद्यपि पूरे हिंदुस्तान में आजादी की लड़ाई आगे भी जारी रही, पर उन्होंने हिंदुस्तान के शिखर दिल्ली पर कब्जा कर मनोवैज्ञानिक रूप से अपनी जीत और इनकलाबियों की हार का ऐलान कर दिया। दिल्ली में बेतहाशा बागी सिपाही थे, पर उनकी स्वेच्छाचारिता और उनके कब्जे में तमाम

युद्ध सामग्री भी बेखबरी ने हिंदुस्तान की सँवर रही तकदीर को रसातल में झोंक दिया। इतिहासकार लिखते हैं कि लाल किले की दीवार पर चढ़कर पत्थर फेंककर ही अंग्रेजों को रोका जा सकता था! हमारे हिंदुस्तान की बदनसीबी की यह कोई पहली मिसाल नहीं थी, वह तो चाहे सिकंदर हो, मोहम्मद बिन कासिम महमूद, गजनवी, मोहम्मद गौरी हो, कितने हमलावरों के नाम गिना सकते हैं, जो केवल अपनी बहादुरी नहीं, बल्कि छल-कपट और हमारी सनातन फूट तथा आपसी विद्वेष का फायदा उठाकर हम पर काबिज हुए और इस देश को चूसकर चले गए। मुर्शिदाबाद में नवाब सिराजुद्दौला को अंग्रेजों का हराना भी इसी बदनसीबी का आखिरी उदाहरण था!

इस असावधानी और स्वेच्छाचारिता की जो सजा दिल्ली विहार में, जो कहर बरपा हुआ, उसने भोगी, फिर पूरे उत्तर भारत व बंगाल का हाहाकारी वर्णन पढ़-सुनकर आज भी आप विचलित हुए बिना नहीं रहेंगे! फील्ड मार्शल रॉबर्ट ने 'भारत में 41 वर्ष' में लिखा है कि 27,000 बागी मुसलमानों को फाँसी दे दी गई और उसमें कितने मरे, इसकी तो कोई फेहरिस्त अंग्रेजों द्वारा मचाई गई कत्लोगारत ही नहीं मिलेगी।

1864 से 1871 के बीच पाँच बड़े मुकदमे चले। भारी तादाद में मुसलमानों को मृत्युदंड दिया गया। उस जमाने के तमाम मशहूर उलेमा-ए-दीन, जिनमें मौलाना अहमद उल्लाह अजीमाबादी, मौलवी अब्दुल रहीम सादिकपुरी, मौलाना फजल-ए-हक खैरावादी, मुफ्ती इनायत अहमद कांकोरबी और मुफ्ती मजहर करीम जैसे आलम-ए-दीन शामिल थे, अनेक को कालेपानी की आजीवन सजा दी गईं। ज्यादातर ने वहीं अपने प्राण छोड़ दिए! मुसलमानों में भी गुस्से और नफरत की ऐसी आग थी कि अंग्रेजों के सजा देने के ढंग पर सख्त ऐतराज चीफ चस्टिस जॉन पेकेस्टन का 21 सितंबर, 1871 को कत्ल कर जाहिर किया गया।

ऐसे ही 8 फरवरी, 1872 को शेर अली नाम के नौजवान ने लॉर्ड मेयो में अंग्रेजों के सजा देने का आलम को मौत के घाट उतार दिया। हाल यह था कि जिस नाम के व्यक्ति पर जुर्म कायम किया गया, उस नाम के भी जो व्यक्ति

मिले, उन्हें भी मौत के घाट उतार दिया; जिस मोहल्ले से बगावत की बू मिली, उस पूरे मोहल्ले के लोग को मौत के घाट उतार दिया गया। ऐसे ही खौफनाक हालात की बुनियाद तो छोटी भूल पर रखी जाती है। उस पर ही किसी शायर ने यों लिखा—'हमने भी देखे हैं तबारीख के वे दौर, जब लम्हों ने खता की थी, सदियों ने सजा पाई।'

□

हमारी बेशुमार शहादत के अंदाज

अंग्रेजों की हैवानियत के आगे अहमद शाह अब्दाली, नादिर शाह और उनकी शैतानियत भी बौनी दिखती है। हम और आप भलीभाँति जानते हैं कि मौत का कहर उन्होंने बूढ़े, बच्चे, स्त्री-पुरुष, हिंदू-मुसलिम जैसे किसी भी अंतर को न देखते हुए बरपाया था।

पश्चिमी उत्तर प्रदेश, देवबंद, पटना, हैदराबाद जैसे अनेक शहरों में उर्दू के रिकॉर्ड तब के जोर-जुल्म की गवाही देते हैं। इन्हीं जानकारियों से हमें पता लगता है कि दिल्ली और पश्चिमी उत्तर प्रदेश के कस्बों और शहरों में 30 हजार उलेमा मौत के घाट उतार दिए गए। यह तो उलेमाओं की बात है, जहाँ तक आम जनता की बात है, तो ये दस्तावेज बताते हैं कि यह आँकड़ा चार लाख को छूता है। 1857 पढ़े-लिखे मुसलमानों और उलेमाओं के लिए यह एक जेहाद था, वे इसे मजहब और दीन पर आए हमले के रूप में देखते थे। इसीलिए उन्होंने यह लड़ाई मजहब और खुदा के नाम पर लड़ी। पूरे उत्तर प्रदेश (वर्तमान) में उलेमाओं की मौत का योगफल पंद्रह लाख तक पहुँचता है। मुसलमान उलेमा ही नहीं, हिंदुओं के साधु-संत भी इनकी हैवानियत और कहर के शिकार हुए। निरंजनी और जूना अखाड़े के तब के दस्तावेज हमें बताते हैं कि उनके सदस्यों की संख्या में 90 फीसदी तक कमी आई, या यों कहें कि उन सबमें से 10वाँ हिस्सा ही बच पाए। इन्हीं दस्तावेजों में यह जिक्र भी है कि 1857 की सजा देने के सिलसिले में लगभग तीस लाख सनातनधर्मी मौत के घाट उतारे गए। 'इंडियन क्रॉनिकल' का खुलासा बताता है कि इलाहाबाद में जून 1857 से अप्रैल 1858 के दरम्यान हर सप्ताह 5,000 लोगों

को मौत के घाट उतारा गया। ब्रिटिश के दस्तावेजों में यह जिक्र भी मौजूद है। इलाहाबाद से कानपुर तक जी.टी. रोड पर सड़क के दोनों तरफ लगे पेड़ों पर फाँसी लटकाकर मार दिए गए और दोआब के जिलों को यदि जोड़ दिया जाए तो शहीद होनेवालों की संख्या दस लाख तक पहुँचती है। यह सभी सनातनी योद्धा जाहादी नहीं थे। अवध को छोड़ बकाया उत्तर प्रदेश का आँकड़ा देखें तो तादाद पचास लाख से ज्यादा पहुँचती है।

1857 के बाद के जमीन संबंधी दस्तावेजों पर गौर करें तो वे बताते हैं कि आबादी में 20 फीसदी तक कमी आ गई थी। तब अवध के 12 जिलों की आबादी 1 करोड़ के आसपास होती थी। 1860 के जमीन के दस्तावेजों में बताया गया है कि मजदूरों की संख्या में भी 60 फीसदी की कमी आ गई थी। चौंकाते तो हमको डाकखानों के दस्तावेज भी हैं। 1857 के बाद बीस लाख चिट्ठियाँ इसलिए वापस आ गई थीं कि पानेवाले उस पते पर मौजूद ही नहीं थे। आप अंदाज लगा सकते हैं कि अवध में इनसानों का खात्मा किस रफ्तार से हुआ होगा! ब्रिटिश रिकॉर्ड कहते हैं कि अवध में पच्चीस लाख लोग मारे गए और उधर बकाया उत्तर प्रदेश के मौत के घाट उतारे गए पचास लाख लोग जोड़ दें, तो तादाद पचहत्तर लाख तक पहुँचती है। भोजपुर के 1870 के जमीन के दस्तावेज भी इस कहर पर रोशनी डालते हैं। उनसे हमें पता लगता है कि आबादी में 30 फीसदी की कमी आई। 1860 के बुंदेलखंड के सड़क और रेल की सर्वे रिपोर्ट में दर्ज है कि बाँदा, कर्बी, झाँसी, हमीदपुर, जालौन, उरई और ललितपुर आदि में मजदूरों की संख्या 70 फीसदी तक कम हो गई थी। तब के सरकारी आँकड़े बताते हैं कि आज के हरियाणा के भी लगभग एक लाख लोग इस समर की भेंट चढ़े।

इतिहासविद् अमरेश मिश्र ने यह शोधपरक जानकारी जुटाई। हालाँकि, इस अभूतपूर्व संग्राम पर सावरकर, पं. सुंदरलाल, सुरेंद्रनाथ सेन, आचार्य चतुरसेन और तब के मंजर के गवाह गालिब, एक पुलिस ऑफिसर मोइनुद्दीन हसन, अंग्रेज राइटर मार्क्स जॉन्स, चार्ल्स बाल, दुनिया के प्रसिद्ध विचारक कार्ल मार्क्स, महाराष्ट्र से निकले दान-धर्म से भिक्षावृत्ति का सहारा

लेकर अपनी हालत सुधारने की कोशिश में आए विष्णु भट्ट गोडसे आदि ने काफी कुछ रोशनी डाली है। फिर भी उर्दू, फारसी, पश्तो, पंजाबी, बलूच, बांग्ला, मराठी, गुजराती, उड़िया, तेलुगू, कन्नड़, तमिल, असमिया आदि भाषाओं में तब की पंचायतों के बही-बस्ते, खतो-किताबत, किंवदंतियाँ आदि भी, यदि खोज जारी रखी जाए तो इस बारे में बहुत-कुछ रोशनी पड़ने की संभावना है।

□

साहित्य के आलोक में पहला स्वाधीनता संग्राम

यद्यपि भारतीय साहित्य ने 1857 के महासंग्राम को उसकी यशस्वी भूमिका के अनुरूप स्थान अंग्रेजों के प्रबल प्रताप और विकट प्रकोप से सहमते और सकुचाते हुए नहीं दिया, पर फिर भी समकालीन कवियों और साहित्यकारों तथा उसके बाद लोकगीतों ने इस प्रसंग पर अपनी रचनाओं के द्वारा भारत के क्रांतिकारियों की प्रशंसा एवं अंग्रेजों की घोर बर्बर अमानवीय कुटिलताओं पर यदा-कदा प्रकाश डाला है, जो हमें उनकी आदरपूर्वक प्रशंसा करने की प्रेरणा देता है। यह वह बेदर्दी का दौर था, जब इनसान कीड़े-मकोड़े की गिनती में आते थे और तब के राजा, महाराजा, नरेश अंग्रेजों की भृकुटि-विलास में अपना भविष्य सुरक्षित देखते थे। सचमुच वे कवि, साहित्यकार, शायर धन्यवाद के पात्र हैं, जो भयंकर कहर के खिलाफ अपनी आवाज बुलंद किए रहे! सबसे पहले जिक्र करते हैं महाकवि भूषण का, जो अंग्रेजों के जलवा-जमाल के बहुत पहले ही औरंगजेब और शिवाजी के भयानक संघर्ष में अपने तेज का परिचय दे चुके थे। उन्होंने तब ही अंग्रेजों के बारे में यों लिखा—

करनाट हबस फिरंग,
विलायत दलख रूम अरितिय
छतिया दलति है।
पेशकर्से भेजति विलायत पुर्तगाल सुनिके

सहमि जात कर्नाटक चली है।
गोडवनों तिलंगानों फिरंगानों
करनाट रुहिलानों हिलन हिए हहरत हैं।
बिलखि बदन बिलखात बिजैपुरपति
फिर फिरंगिन की नारी फरकति हैं।

थोड़ा आगे चलें तो नजीर अकबरावादी, पद्माकर गालिब, क्रांतिकारियों के नायक बहादुरशाह जफर और अजीमुल्लाह कमोबेश थोड़े ही आगे-पीछे हुए हैं। कवि पद्माकर ने 1857 के पहले ही अपने शरणदाता ग्वालियर के महाराज दौलतराव सिंधिया को उनकी अंग्रेजों के विरुद्ध तीव्र भावना को ऐसे और उभारा—

मीनागढ़ बंबई सुमंद मंदराज बंग,
बंदर को बंद करि बंदर बसावैगो!
कहै पदमाकर कसकि कासमीर हूँ को,
पिंजर सों होरि के कलिंजर छुड़ावो!
बाँका नृप दौलत अलीजा महाराज कबौं,
सघि दल पकरि फिरंगिन दबावैगो!
दिल्ली दहपट्टि, पटना हू को झपट्ट करि,
कबहुँक लता कलकत्ता को उड़ावैगो!'

इस महासंग्राम के नायक मुगल सल्तनत के आखिरी वारिस जिल्ल-ए-सुब्हानी बहादुरशाह जफर ने भी अपनी तड़प और वेदना निराशा के साथ यों व्यक्त की—

न किसी की आँख का नूर हूँ
न किसी के दिल का करार हूँ
जो किसी के काम न आ सके
मैं वो एक मुश्त-ए-गुबार हूँ।
मेरा रंग रूप बिगड़ गया
मेरा यार मुझसे बिछड़ गया

जो चमन खिजां में उजड़ गया
मैं उसी की फसल-ए-बहार हूँ।
न तो मैं किसी का रकीब हूँ
जो बिगड़ गया वो नसीब हूँ
जो उजड़ गया वो दयार हूँ
पए-फातिहा को आए क्यों
कोई आ के शमा जलाए क्यों
मैं तो बेकसी का मजार हूँ।
मैं नहीं हूँ नगमा-ए-जा-फिजां
मुझे सुन के कोई करेगा क्या
मैं बड़े बिरोग की हूँ सदा
मैं बड़े दुःखों की पुकार हूँ।
लगता नहीं है दिल मेरा उजड़े दयार में
किसकी बनी है आलम-ए-ना-पाएदार में
बुलबुल को बागबां से न सैयाद से गिला
किस्मत में कैद थी लिखी, फसल-ए-बहार में।
कह दो इन हसरतों से कहीं और जा बसें
इतनी जगह कहाँ है दिल-ए-दागदार में
इक शाखे-गुल पे बैठ के बुलबुल है शादमां
काँटे बिछा दिए हैं दिल-ए-लालाजार में।
उम्र-ए-दराज माँग के लाए थे चार दिन
दो आरजू में कट गए, दो इंतजार में
दिन जिंदगी के खत्म हुए शाम हो गई
फैला के पाँव सोएँगे, कूच-ए-मजार में
कितना है बदनसीब जफर' दफन के लिए
दो गज जमीन भी मिली न कू-ए-यार में।

नजीर अकबराबादी ने तब के हालात सीधी भाषा में यों व्यक्त किए हैं—

मारे हैं हाथ पर हाथ सब यूँ
के दस्तकार।
और जितने पेशेवर हैं सो रोते हैं, जार-जार॥
कूटे है तन लोहार, तो पीते हैं तन सुनार
कुछ एका यों काम यहीं है पारा॥
छत्तीस पेशे वालों के हैं कारोबार बंद॥

मध्य प्रदेश की माटी को अमर करनेवाली वीरांगना महारानी दुर्गावती के अंतिम वंशज राजा शंकरशाह ने भी अंग्रेजों की सर्वनाश की कामना में जो रचना लिखी, वे इसी कारण तोप से बाँधकर उड़ा दिए गए—

मूंद मुख दडिन को युगलों को चबाईखाई,
बूंदडार दुष्टन को शत्रु संहारिका!
मार अंग्रेज रेज का देई सात चंडी,
बचे नहीं बैरी बाल बच्चे संहारिका।
शंकर की इच्छा कर दास प्रतिपाल कर
दीन की पुकार सुन जाए मात हालिका
खाय लै मलेच्छन कों देर नहीं करो मात
भच्छन करे तत्क्षण बेग शत्रुन को कालिका!

चरण चाटू वातावरण से उकताकर कवि घासीराम का गुस्सा और नफरत देखिए—

छाँड़ के फिरंगन को राज में धर्म सुकाज,
जहाँ होत पुण्य आज चलो वह देश को।

उम्र के 80 के पड़ाव पर पहुँचे जगदीशपुर के बाबू कुँवर सिंह, जिनकी बहादुरी के आगे नौजवान लज्जित होते थे, उनकी प्रशस्ति में राम कवि का कवित्व देखिए, जैसे 'मृगराज गजराज के झुंडन पै प्रबल सुंदर पड़त उद्दंड' है। जैसे 'वाति लपकि लपेटि के लावन दल मल-मल जरत प्रचारत विहण्ड' है। 'कहै राम कवि जैसे गरुण राख गहि अहि-कुल दंडि दंडि मैटत घमंड' है।

जैसे 'कुँवर सिंह कीरति अमर मंडि फौज फिरंगिन को करी सुखंड खंड' है। बाबू कुँवर सिंह को फाग में भी ऐसे याद किया जाता रहा है—

बाबूकुँवर सिंह तोहरेराज बिंद अब नरगंइवे केसरिया
इतते अइले घेरि फिरंगी उतते कुँवर दुई भाई'
भोल बारूद के चले पिचकारी बिचवा में होत लड़ाई।

□

शौर्य एवं पराक्रम के लोककवि

1857 की शौर्यवर्धक रचनाएँ और उनके रचनाकार निश्चय ही अभिनंदन और मान के अधिकारी हैं।

भारतवर्ष के तत्कालीन मूर्धन्य और लोकप्रिय साहित्यकार यद्यपि हमारे अभिमान, 1857 के संग्राम पर अपनी लेखनी से भले ही पर्याप्त प्रकाश न डाल पाए हों, तथापि यह जानकर आश्चर्यचकित होना ही पड़ता है कि उन्हीं ब्रिटिशर्स, जिनके बंधु-बांधवों ने कुटिल और भयंकर तांडव किए, उन्होंने 1857 पर 1859 से लेकर 1964 तक 50 उपन्यास लिखे। उपरोक्त शोध शैलेंद्रधारी सिंह के 'नॉवल्स ऑन दि इंडियन म्यूटिनी, 1973' में सविस्तार दिया गया है। हमें यह जानकर भी गौरव होता है कि उसी जाति और देश के अर्नेस्ट जॉन्स ने ब्रिटिश साम्राज्य को उसकी हकीकत बताते हुए उसे यह कहकर आईना दिखाया—'यह सत्य है कि ब्रिटिश साम्राज्य में कभी सूर्य अस्त नहीं होता, लेकिन यह भी उतना ही सच है कि उसके साम्राज्य में खून की नदियाँ भी कभी नहीं सूखीं।' यह सब हमारे देश के उन वीरों के संघर्ष को एक अंग्रेज का प्रणाम है।

हिंदुस्तान में यद्यपि मध्य प्रदेश की गौरव कवयित्री श्रीमती सुभद्रा चौहान की 1857 पर लिखी रचना 'झाँसी की रानी' पर देश का सबसे अधिक ध्यान गया और इस संग्राम की लोकप्रियता और वास्तविकता भी घर-घर पहुँची, पर उस समय का लोकमानस भी 1857 के भारत गौरव पर अभिभूत था। ग्रामीणों में खेत- खलिहान, चौबारे और अलाव के माध्यम से इस संग्राम की काफी चर्चा होती थी, पर यह अभाग्य ही है कि स्वनामधन्य साहित्यकारों ने अपने

कर्तव्य का भलीभाँति निर्वाह नहीं किया। अब आप तत्कालीन और वर्तमान साहित्य को भलीभाँति खँगाल लीजिए, आपको फकीरे खान और उनकी निर्भीक, ओजस्वी रचना ढूँढ़े नहीं मिलेगी। इसकी एक बानगी देखिए—

चूना मूंडन पै बुझावा दये। हाथ-पाँव के कीला ठोंके, पाठे से संदवा दये। तेरा दिन चार मइना लों, गोड़न खूल मिटा दये। जार दयो है बिला बिलजुरा लुटो जन भगवा दये। अंग्रेजन खाँ बुलाइनन ने, बंटाढार करा दये। खान फकीरे, कॉलों कइए, ऐसे हाल करा दिये।

नर-नाहर मंगल पांडे पर भी कहाँ हमें साहित्य देखने को मिलता है, किंतु उन पर भी प्रसिद्ध नारायण सिंह की कविता का एक हिस्सा देखिए—

जब संतावनि के रारि भइलि, बीरन के वीर पुकार भइल, बलिया का मंगल पांडे के, बलिबेदी से ललकार भइल। 'मंगल' मस्ती में चूर चलल, पहिला बागी मसहूर चलल, गोरनि का पलटनि का आगे, बलिया के बांका सूर चलला गोली के तुरत निसान भइल, जननी के भेंट परान भइल, आजादी का बलिबेदी पर, मंगल पांडे बलिदान भइल। जब चिंता-राख चिनगारी से, धुधकत तनिकी अंगारी से, सोला नकलल, धधकल, फइलल, बलिया का क्रांति पुजारी से। घर-घर में ऐसन आग लगलि, भारत के सूतल भागिजगलि, अंग्रेजन के पलटनि 'सगरी, बैरक-बैरक से भागि चललि।

राजपूताने में भी तब वहाँ के कवि अपनी रचनाओं में कैसे शौर्य का परिचय देते थे, वे अंग्रेज और अंग्रेजों के कृपापात्र राजाओं के विरुद्ध भी तीखे तेवर जाहिर करने में नहीं सकुचाते थे। वहाँ के ही कवि मीसण सूरजमल ने कैसी चुटकी ली है, 'सिंह न बाजौ ठाकुरां, दीन गुजारौ दीह। हाथल पाड़े हाथियाँ, सो भड़ा बाजै सिंह।' (ओ राजाओ! अब तुम्हें शेर कहलाने का कोई अधिकार नहीं है। अब तुम विदेशियों की दया पर दिन गुजार रहे हो। शेर तो वह होता है, जो थप्पड़ मारकर हाथी को भी ढेर कर देता है।) इसी भाँति बिहार के बूढ़े शेर कुँवर सिंह, जो अपने भाई अमरसिंह के साथ अंग्रेजों

से लड़ते हुए वतन की खातिर शहीद हुए, उन अमरसिंह के बारे में भी शिव कविराय ने अपनी रचना की है—

'कसि के तुरंग तंग चढ़यो जब जंग पर अंग अंग आनंद उमंग रंग भरिगौ, सन्मुख समर बिलोकि रनधीर धीर (वीर) फौज फिरंगाने की समेटि सोक तरिगौ, कहे शिव कवि डांटि डांट कपतानन कूँ काटि काटि काकड़ी कुम्हैड़ो सौ निकरिगौ, हाथ मोचि हाकिम कहत साह लंदन सों हाय हाय आफत अमरसिंह करिगौ।'

श्यामलगिरी गुसाईं, जिन्होंने बिठूर और कानपुर में नाना साहब के साथ अंग्रेजों से काल की भाँति मुकाबला किया, उन पर तब का एक लोकगीत देखिए—

'श्यामलगिरि भोरई आ धमके। तीन सहस नाथु ले धाए, अंग्रेजन पै चमके। कानपुर से भगे फिरंगी पुन बिठूर आ धमके। होन लगी तकरार रार है, आन फिरंगी ठमके। सात दिन लौ भई लराई गिरी गुसाईं हुमके। काटकूट के सबई फिरंगी चित्रकूट पै धमके। रेवाराम देख जा जा गत, आने मिले सब जमके।'

इस जंग के नायक बहादुरशाह जफर, नाना साहब साथी अजीमुल्लाह, जो बेहद जहीन और थे। उन्होंने नाना साहब पेशवा के मुकदमे लंदन में जाकर लड़े, लेकिन अंग्रेजों की कुटिलता के कारण असफल रहे। उन्होंने भी हिंदुस्तान में आकर सुनियोजित ढंग से इस समर में अपना यशस्वी योगदान दिया। वे तब के बुद्धिजीवियों में भी शुमार थे, उन्होंने 8 फरवरी, 1857 को 'पयाम-ए-आजादी' नाम का अखबार निकाला। बादशाह बहादुरशाह जफर के पुत्र बेदार बख्त इसके प्रकाशक-मुद्रक थे। इसमें बहादुरशाह जफर का 25 अगस्त, 1857 को जारी किया गया घोषणा-पत्र प्रकाशित किया गया था। इसमें तब के भाईचारे की भी बेजोड़ मिसाल मिलती है। इस अखबार में अजीमुल्लाह साहब यह कौमी तराना छापते थे—

हम हैं इसके मालिक हिंदुस्तान हमारा, पाक वतन है कौम का जन्नत से भी प्यारा, ये है हमारी मिल्कियत हिंदुस्तान हमारा, इसकी

रूहानियत से रोशन है जग सारा, कितनी कदीम, कितना नईम, सब दुनिया से न्यारा, करती है जरखेज जिसे गंगा–जमुन की धारा, ऊपर बर्फीला पर्वत पहरेदार हमारा, नीचे साहिल पर बजता, सागर का नक्कारा, इसकी खाने उगल रहीं सोना, हीरा, पारा, इसकी शान–शौकत का दुनिया में जयकारा, आया फिरंगी दूर से ऐसा मंतर मारा, लूटा दोनों हाथ से प्यारा वतन हमारा, आज शहीदों ने है तुमको अहले वतन ललकारा, तोड़ो गुलामी की जंजीरें बरसाओ अंगारा, हिंदू, मुसलमां, सिख हमारा भाई–भाई प्यारा, यह है आजादी का झंडा, इसे सलाम हमारा॥

इसी भाँति अनेक श्रेष्ठ प्रेरणादायी रचनाएँ देश को वीर कवियों ने दीं, पर हमारे देश में उनका यथोचित सम्मान नहीं किया गया और न ही देश की सरकार ने जनता के समक्ष इन्हें पहुँचाने की कोशिश की। यह सचमुच उस जमाने के बेमिसाल देशभक्त कवि, साहित्यकारों के साथ उदासीनतापूर्वक किया गया अपराध है।

□

अवध के राणा बेनीमाधव का यश अक्षुण्ण है

मौलवी अहमद शाह की कायरता और विश्वासघातपूर्ण हत्या के समाचार से अवध, रुहेलखंड और बैसबाड़े में क्रोध का ज्वालामुखी फूट पड़ा। बैसबाड़े के नरकेशरी राणा बेनीमाधव उस समय कानपुर और लखनऊ-विजय की एक योजना बना रहे थे, पर यह विकट समाचार सुनकर लखनऊ की ओर चढ़ दौड़े। एक बार तो उनके खौफ से अंग्रेज दहल से गए। 13 जून को होपग्रांट से नवाबगंज में उनकी मुठभेड़ हुई। इस युद्ध में उनके साथ तालुकेदारों ने खूब जौहर दिखाए। इधर ग्रांट की सहायता के लिए आदमखोर हडसन अपने तोपखाने को लेकर आगे बढ़ा। राणा बेनीमाधव और उनके वीर साथियों ने डटकर मुकाबला किया, पर सेना को पीछे हटना पड़ा। इसी बीच रानी विक्टोरिया ने आम माफी का ऐलान किया, जिसने इनकलाबियों पर बड़ा विपरीत असर डाला। अमेठी के राजा लाल माधव राणा बेनीमाधव के भरोसे के साथी थे, पर वे भी इस मौके पर इंग्लैंड की रानी के ऐलान के झाँसे में आ गए और राणा व मुल्क के साथ दगा कर बैठे! पर राणा बेनीमाधव सिंह, चाँदसिंह, हनुमंत सिंह, दरियाव पूरे के सिंह के साथ अंग्रेजों के खिलाफ पूरी ताकत से अंग्रेजों से मुकाबला ले रहे थे। दरियाव सिंह और राणा बेनीमाधव ने शंकरपुर किले में मुरार मऊ के राजा दिग्विजयसिंह तिलोई के राजा जगमल सिंह खजूर के रघुनाथ सिंह, सुधौली के हिंदपाल, चंदापुर के सुदर्शन सिंह जैसों के अंग्रेजों के खिलाफ डरकर लाचारी में घर बैठ जाने के

बावजूद इन दो शेरों ने अंग्रेजों के साथ कठोर मुकाबले की ठानी। फिर अपने वीर सिपाहियों को हौसला देते हुए कहा कि 'समय बड़ा टेढ़ा-मेढ़ा है। बैरी सिर पर है। साथी राजाओं ने हाथ खींच लिए हैं। अब केवल तुम्हारा भरोसा है, जिन्हें मरने-मारने की हवस हो, वे ही साथ रहें, जिन्हें जान प्यारी और अंग्रेजों की गुलामी पसंद हो, वे अपनी तनख्वाह लेकर आराम से जा सकते हैं। जो मेरा साथ देंगे, वे नौकर नहीं, धर्म और देश के रक्षक होंगे। हमें बेगम हजरत महल को उनसे किए गए वचनों को पालना है।' जवाब में सभी वीरों ने तुमुल ध्वनि से एक होकर कहा कि हम मरने-मारने पर अडिग हैं। भले ही साथ हैं और हर-हर महादेव की जय, रजवाड़े साथ छोड़ जाएँ, पर हम सबकी जयकार से आकाश गूँज उठा, उसी समय अंग्रेजों की तोपें भी गरजने लगीं। उत्तर-पश्चिम से ब्रिगेडियर इवली और एक ओर से सर होपग्रांट तथा दूसरी ओर से लॉर्ड क्लाइव ने एकदम से शंकरपुर पर धावा बोल दिया। राणा ने दक्षिणी मोरचा सँभाला और उनके भाई जुगराज सिंह ने उत्तरी मोरचा, दिनभर घमासान युद्ध हुआ, रात को भी बंद नहीं हुआ। आखिर में उत्तरी भाग से शत्रु खदेड़ दिए गए और राणा के पुत्र रघुराज सिंह स्त्रियों और खजाने को लेकर 14 हाथियों पर किले से निकल गए और राणा भी पश्चिम का रुख कर पोरई के जंगल में गायब हो गए। राणा के इस तरह से अंग्रेजों की आँख में धूल झोंककर निकल जाने से अंग्रेज तिलमिला गए और वे जनता के साथ दुराचार पर उतारू हो गए। आगे चलकर राणा और अंग्रेजों का भीटा में भयंकर रण हुआ।

यहाँ भी राणा के कठोर पराक्रम पर ब्रिगेडियर इवली की सेना भारी पड़ी। राणा घायल हो गए, फिर भी अपने घोड़े की सज्जा पर बैठकर बिजली की भाँति दौड़ दौड़कर सेना का मनोबल बढ़ाते रहे। भयंकर संग्राम हुआ। इसी बीच दो सिंह ने अपने वीर सरदार राणा को घेर लिया श्रेष्ठ योद्धा चांडिका सिंह और अंबर ने और उनसे अनुरोध किया कि आपके प्राण मूल्यवान् हैं, आप निकल जाइए, हमें फिर रास्ता दिखाइए। बड़े बेमन से फिर राणा सज्जा पर बैठकर सई के जंगलों में खो गए। इस युद्ध का नेतृत्व सरदार मतबाल सिंह

ने किया। बड़ी मुश्किल से ब्रिगेडियर इवली प्राण बचाकर भीटा चला गया और भीटा का संग्राम हिंदुस्तानियों ने जीता। राणा चुप बैठनेवालों में कहाँ थे! उन्होंने फिर तैयार होकर राय रामबख्श, राजा दरियाव सिंह, सरदार मतबाल सिंह और लखनऊ की फौज से भागे हजारों विद्रोहियों को लेकर 8 हजार से बड़ी सेना के साथ डोडिया खेरा में संग्राम के लिए मोरचा सँभला। अंग्रेजों ने राणा के पास संधि प्रस्ताव भेजा—'हथियार रख दो, आत्मसमर्पण कर दो, तुम्हें क्षमा कर दिया जाएगा।' राणा का जवाब था—'किला बचाना मेरे काबू में नहीं था, तुमने ले लिया, पर मैं शरण में नहीं आ सकता। यह देह मेरी नहीं, प्रभु की है!' इवली और क्लाइड ने भीषण युद्ध किया। राणा ने भी दरियाव सिंह के साथ मिलकर अंग्रेजों की सेना को खदेड़ दिया। इस युद्ध में विद्रोहियों की भी भारी क्षति हुई और गायब हो गए। अंग्रेजों ने फिर अंधकार में राणा के सेना को लेकर के निकल जाने पर इलाके में भयंकर कहर ढाया! इसी समय मेजर हार्न विद्रोहियों का पीछा करते नदी में घुस गया, पर क्रांतिकारी सेना ने उसे मार डाला।

मेजर हार्न की लाश लेकर बड़े विषाद से क्लाइव ने गवर्नर जनरल को लिखा—'बैसबाड़े से लेकर नेपाल की तराई तक पीछा करने पर भी बेनीमाधव, नाना और बेगम का पता नहीं लगा। अवध में हमने तीन वर्ष खून बहाया, पर एक भी विद्रोही हमारे हाथ न आया। बेगम, नाना, तात्या टोपे, अजीमुल्लाह, बेनीमाधव न जाने कहाँ हैं? वे हमारी शरण आने की अपेक्षा मरना बेहतर समझते हैं। हम लौट रहे हैं, उनके सिरों की जगह मेजर हार्न की लाश लेकर।' आज भी अवध में राणा बेनीमाधव लोकगीतों में आदरपूर्वक स्मरण किए जाते हैं—'अवध मारीना भयो मरदाना, हाथ सिरोही, बगल में भाला, घोड़ा चले मनमाना।'

□

वयोवृद्ध क्रांतिकारी बाबू कुँवर सिंह का पराक्रम

1857 के आजादी के जोश और जुनून की क्या बात करें, उस जमाने में आबाल वृद्ध नर-नारी सभी इससे लबरेज थे। हाँ, कुछ ऐसे भी थे, जो अपनी खुशहाली और हैसियत की खातिर वतन की हैसियत से समझौता कर रहे थे। पर हैसियत, खुशहाली घर-परिवार सबकुछ मुल्क पर न्योछावर करनेवालों का इतिहास अमर है। वे भारतीय ऊर्जा और इतिहास में आज भी जीवित है। इसी सिलसिले के नायाब हीरे थे—जगदीशपुर, आरा, बिहार के जागीरदार बूढ़े शेर कुँवर सिंह। जिस उम्र में इनसान को जीवन की निस्सारता का ज्ञान उपजता है और अपने किए-धरे का हिसाब फैलाते हुए अपनी आस औलाद पर बेअसर टोका-टोकी कर उसके गुस्से और हिकारत का शिकार होता है। उस 80 की उम्र के पड़ाव पर बाबू कुँवर सिंह बड़ी ठसक के साथ अंग्रेजों से दो-दो हाथ करने निकल पड़े थे। उनका स्वाभिमान और देशाभिमान कितना श्लाघ्नीय और आदरणीय है, यह उनके जीवन के इस परम वैभवशाली आख्यान से समझा जा सकता है।

बाबू कुँवर सिंह हालाँकि के शैतानियत पर बिफर पड़े थे, पर जंग जारी होते ही उनके मोरचे के निशाने पर दिल्ली थी। मिर्जापुर, रीवा, बाँदा, कानपुर तक अपनी तलवार की शोहरत फैलाते हुए लखनऊ पहुँचे। बेगम हजरत महल की सरपरस्ती में सरकार चला रहे नाबालिग नवाब बिरजीस कदर ने उन्हें खिलअत पेश की, उनके पास 18,000 हजार वतन पर मर-मिटने को तैयार

रणबाँकुरे थे। नाना साहब अजीमुल्लाह खाँ, बाँदा के नवाब, रानी लक्ष्मीबाई, तात्या टोपे और मौलवी अहमद शाह उनके हमराह थे। वे सभी जालिम गोरों को भगाने के लिए भीषण रण कर रहे थे। उनकी मुहिम को रीवा के राजा ने मदद नहीं दी, क्योंकि वे अंग्रेजपरस्त थे। हालाँकि, रीवा के राजा बाबू कुंवर सिंह के रिश्तेदार होते थे। रीवा के राजा रघुराज सिंह ने बाबू कुँवर सिंह रीवा को आने से 8 मील पहले ही खबर भेजी कि आप रीवा न आए, पर कुँवर सिंह तो अपने रास्ते पर अटल थे। डरकर रीवा नरेश राजधानी छोड़कर भाग गए हसमत अली और हरचंद्र राय ने रीवा की जनता के साथ पलक पाँवड़े बिछाकर उनका स्वागत किया। रीवा की जनता ने लेफ्टिनेंट आसवन को उनके घर में कैद कर दिया। बाबू कुँवर सिंह कठिन मोरचे लेते हुए अंग्रेजों को ठोंकते-पीटते आगे बढ़ते रहे। मार्च 1858 में उन्होंने आजमगढ़ अंग्रेजों से छीन लिया और साथ ही इर्द-गिर्द का भी इलाका हासिल कर लिया, अंग्रेज भी उनके पीछे पड़े रहे। आखिर उन्होंने अपने घर जगदीशपुर की राह ली। आप भी इस वाकये को पढ़कर रोमांचित हो उठेंगे। जब वे गंगा पार कर रहे थे, तब अंग्रेजी फौज के तोप के गोले ने उनकी एक बाँह उड़ा दी। वे माथा पकड़कर हाय राम कहते हुए बैठ नहीं गए। उन्होंने दूसरे हाथ के तलवार के करारे वार से अपनी क्षत-विक्षत भुजा को गंगा को अर्पित कर दी। और उन्होंने जंगल में ऐसा भीषण रण किया कि अंग्रेज कैप्टन लिग्रेंड सहित 100 सिपाही खेत रहे। बाबू कुंवर सिंह ने मैदान फतह किया। आखिर 24 अप्रैल, 1858 को बाँह के घाव ने उनके प्राण ले लिये। पर उन्होंने विजयी होकर वीरगति प्राप्त की। जब वे स्वर्ग सिधारे, तब जगदीशपुर पर आजादी का परचम हरा झंडा फहरा रहा था, वे आन-बान-शान से जिए और मरे। बाबू कुंवर सिंह इस जंग में अकेले नहीं थे, इलाके के सब क्षत्रिय उनके साथ थे। सैमुएल्स ने लिखा है—"शाहाबाद के आंदोलन में एक राष्ट्रीय क्रांति की ऊँचाई थी। इसमें छोटे जमींदारों सहित पूरी राजपूत जनता उनके साथ खड़ी थी। बाबू कुंवर सिंह के अनुज-अमरसिंह ने भी अंग्रेजों के खिलाफ कठोर मोरचे लिये बाबू कुँवर सिंह के बाद उन्होंने बाकायदे समांतर सरकार चलाई, अपना कानून, अपने जज,

अपनी जेल कायम की और जैसे अंग्रेजों ने इनके सिर पर इनाम जारी किए थे, वैसे ही उन्होंने भी गोरे हाकिमों के सिरों पर इनाम जारी किए। बाबू कुँवर सिंह के भतीजे ऋतुभंजन सिंह और उनके मित्र निशान सिंह और तहसीलदार हरगोविंद सिंह भी इस लड़ाई में पूरी ताकत के साथ लड़े।"

लोकगीत—

चिट्ठियाँ जे लिखि-लिखि भेजले कुँवर सिंह
सुनहु अमरसिंह भाई हो मोरा
बाबू अमरसिंह बाबू कुँवर सिंह
दुनो जने हवे अपने ही भाई।
चरबी के टोटवा दाँत से कटवा ला
छतरी का जात नसावे ला हो भाई।
बात के खातिर बाबू कुँवर सिंह
ले लै फिरंगिया से रार हो भाई।

□

तात्या, लक्ष्मीबाई और नाना साहब के साथ खड़े थे बाँदा नवाब

सचमुच कुछ संयोग हमें विस्मय विमुग्ध कर देते हैं। अद्‌भुत वीर बाजीराव प्रथम से संकटग्रस्त होने पर पन्ना नरेश छत्रसाल ने सूबेदार मोहम्मद खान बंगश से घिर जाने पर 'जो गति ग्राहय गजेंद्र की सो गति भई है आज, बाजी जात बुंदेल की राखो बाजी लाज' यह पंक्तियाँ लिखकर सहायता चाही थी। अपने कठोर पराक्रम और रण-कौशल से बाजीराव पेशवा ने उन्हें संकटमुक्त किया। 80-82 वर्षीय छत्रसाल ने अभिभूत होकर पेशवा को विधिवत् अपना तीसरा पुत्र स्वीकार कर अपनी विरासत का तीसरा हिस्सेदार उन्हें निश्चित किया, साथ ही मस्तानी नाम की एक अत्यंत सुंदर तरुणी भी उन्हें भेंट की। मस्तानी की पेशवा के प्रति असीम अनुरक्ति और समर्पण ने पेशवा को उसके प्रेम में आकंठ डुबो दिया। पर कठोर सनातनी आग्रहों के कारण परिवार ने पेशवा और मस्तानी पर तमाम पाबंदियाँ लगा दीं। विरहाकुल पेशवा ने बहुत जल्दी प्राण छोड़ दिए, उधर मस्तानी ने भी यह दुस्सह समाचार सुनते ही पतिव्रता नारियों का मान बढ़ाते हुए अपने भी प्राण छोड़ दिए।

1857 के महासंग्राम मैं बाजीराव पेशवा की औरस और मस्तानी संतति परंपरा के नाना साहब और नवाब बाँदा दोनों ने ही अपने विकट पराक्रम से इतिहास में बुंदेलखंड को अमर कर दिया। नाना साहब पेशवा, तात्या टोपे और रानी झाँसी ने जहाँ अंग्रेजों को कौंड़ी पहना रखी थी, वहीं नवाब बाँदा ने भी हुकूमत से कसकर लोहा लिया। ग्वालियर में महारानी झाँसी के अमर बलिदान में नवाब बाँदा ने कंधे-से-कंधा मिलाकर उनका साथ दिया। पेशवा की औरस

और मस्तानी की संतान परंपरा का यह अद्भुत संयोग इतिहास की अब सुंदर धरोहर है।

दरअसल, बाँदा 1803-04 में ही अंग्रेजों के हाथ लग गया था। नवाब तो महज चार लाख की पेंशन के हकदार थे। नवाब अली बहादुर भी केवल दिखावे और कहलाने को नवाब थे। मालगुजारी की लगातार बढ़ोतरी, सूखे की मार, उपजाऊ जमीन पर कांस का प्रकोप और महामारियों से आबादी का घटते जाना जैसे संकट तथा कपास की पैदावारी के लिए प्रसिद्ध बाँदा में आफत यहीं नहीं रुकी, बल्कि अमेरिकन रुई के आयात ने भी बाँदा की कमर ही तोड़ दी। जुलाहे, रंगरेज, छीपा, सब बेरोजगार हो गए। नवाब भी अब फौज नहीं रख सकते थे, सिपाही भी बेरोजगार हो गए थे। इधर दिल्ली और मेरठ से भी क्रांति की खबरें आने लगी थीं। इधर नवाब बाँदा अली बहादुर द्वितीय, रानी झाँसी, बानपुर के राजा मर्दन सिंह और शाहगढ़ के बख्त बली भी मिलकर जीवन का मोह त्यागकर अंग्रेजों के मुकाबले रणनीति बना ही रहे थे। कुल मिलाकर बाँदा उबल रहा था।

बाँदा में बागियों ने सबसे पहले अंग्रेजों के शोषण के विरुद्ध अपना क्रोध निकाला। तहसील और कचहरियों पर हमला कर आग लगा दी, ताकि कर्जे आदि से रिआया को राहत मिल पाए। नवाब बाँदा सधी हुई चाल चल रहे थे। वे पूरा इत्मीनान करने तक के लिए सावधानीपूर्वक अपना व्यवहार कर रहे थे। उन्होंने अंग्रेज कलेक्टर मैन और तमाम अंग्रेज हाकिमों को हिफाजत देते हुए उन्हें निरापद सुरक्षित बाँदा से निकल जाने दिया। बाँदा में अंग्रेज विरोधी वातावरण उग्रतर हो गया था। ईसाइयों को मार डालने और अंग्रेजी राज्य खत्म करने के नारे दीवारों पर लिखे जा रहे थे। बागी जगह-जगह हरे झंडे गाड़कर आजादी का ऐलान कर रहे थे। नवाब बाँदा ने ऐसे सनसनीखेज माहौल में भी अपनी लोकप्रियता के प्रभाव से अनेक अंग्रेजों को जान बख्शी दिलाई।

15 जून, 1857 को बाँदा में नवाब का राज शुरू हुआ। उन्होंने गद्दी सँभालते ही सबसे पहले गौकशी पर सख्त पाबंदी का हुकूम जारी किया। इनकलाबी भी बड़े जोश में थे, नवाब की हिफाजत के बाद भी कुछ बदकिस्मत

अंग्रेज उनके हाथों चढ़कर मौत के घाट उतार दिए गए। अब नवाब अंग्रेजों से मुकाबले के लिए ताकत बढ़ाने की कोशिश में लग गए, भूरागढ़ किले के लिए रणजोर दौआ से मुठभेड़ की, पर बाजी हार गए। फिर भी मुहिम जारी रखी। देश भर के क्रांतिकारी बाँदा में इकट्ठे होने लगे। सातवीं-आठवीं हिंदुस्तानी रेजिमेंट की पैदल सेना दीनापुर से 2 सितंबर को आ पहुँची। 3 सितंबर को नागौद के विद्रोहियों के दूत आ पहुँचे, उनके उकसावे पर 12 सितंबर को नवाब ने नागौद पर हमला बोल दिया। तमाम तोप, गोला-बारूद लेकर 27 सितंबर को बाँदा लोटे। 29 सितंबर को बिहार के बाबू कुँवर सिंह अपने 2,000 सैनिकों और 40वीं हिंदुस्तानी पैदल सेना के बागियों को लेकर बाँदा आए, 32वीं रेजिमेंट के बागी सैनिक भी 18 तोपों सहित बाँदा आए, विद्रोहियों का बाँदा में खूब आदर-सत्कार हुआ। इसी बीच भागलपुर से भी 500 क्रांतिकारी बाँदा आ गए। नवाब की भी फौज की तादाद 12,000 हजार थी। बाँदा में भारी जोश था। बाँदा क्रांतिकारियों का केंद्र बन गया था। आखिर बाहर के बागी अपनी-अपनी मंजिल की ओर चल दिए। धन की भारी कमी देखते हुए नवाब ने करवी के नारायण राव पर हमला बोलकर दो लाख रुपए और तमाम गोला-बारूद सहित कई इलाके जीते। अब नवाब कालिंजर का किला लूटना चाहते थे, घेरा भी डाल दिया, पर इतने में व्हिटलॉक बाँदा पर चढ़ आया और नवाब को बीच में ही लौटना पड़ा। 17 अप्रैल को बाँदा से 24 मील पश्चिम में मुठभेड़ हुई। सुशिक्षित सेना के आगे नवाब ठहर न सके। रणनीति के तहत बाँदा की ओर पीछे चलते-चलते मुकाबले की कोशिश की, पर नाकामयाब हुए। 800 सैनिक नवाब के खेत रहे। 9 तोपें भी अंग्रेजों के हाथ लगीं, बाँदा 20 अप्रैल को अंग्रेजों का हुआ।

तब के कलेक्टर मैन ने नवाब की तारीफ करते हुए अपने ऊपर के अफसरों को लिखा—"नवाब मैदानी खेलों और पुरुषोचित व्यायामों का हमेशा से शौकीन रहा है। पिस्तौल और राइफल दोनों का अच्छा निशानेबाज है, श्रेष्ठ घुड़सवार और साहसी होते हुए शारीरिक कष्ट झेलने की भी नवाब में अपार क्षमता है। उसमें बागियों के नेता बनने के पूरे गुण मौजूद हैं।"

□

स्वामी पूर्णानंद ने फूँका आजादी का बिगुल

1857 के संग्राम के समय स्वामी पूर्णानंद ओज और तेज से भरे हुए थे, वे शंकराचार्य अनुयायी विरजानंद के गुरु थे। अभिलेख के अनुसार अक्तूबर 1855 में गढ़ गंगा के मेले के अवसर पर मेले से कुछ की बैठक में 2,500 लोग उपस्थित हुए। 1895 के आरंभ में भी ऐसी ही एक बैठक आयोजित की गई थी, उसमें भी अंग्रेजों के विरुद्ध बिगुल फूँका गया था। यह बैठक हरिद्वार में हुई थी, जिसमें शहंशाह बहादुरशाह जफर के शहजादे फिरोजशाह, रंगु बापू और अजीमुल्लाह साहब सहित लगभग 1,500 लोग शामिल हुए थे।

गढ़ गंगा के मेले के अवसर पर हुई बैठक का ब्योरा मीर मुश्ताक मिरासी की तरह मौलवी जहीर अहमद ने भी लिखा है। यह भी उसी जमाने के थे। इस बैठक के प्रधान स्वामी पूर्णानंद थे और साई थे। मौके पर स्वामी पूर्णानंद ने जो भाषण दिया, उसका नीचे लिखा सार पढ़कर निश्चय ही आप रोमांचित हो उठेंगे—'मुल्क को फिरंगी के भरोसे मत छोड़ो, वे बेदीन है। इनका कोई कौल फैल हैं, ये मुल्क को तमाम मखलूक (आबादी) के हर इनसान की जिंदगी के दुश्मन हैं और ये तुम्हारा खून और गोस्त खा जाएँगे, इनसे बचो! ये तुम्हारी नस्लों को नेस्तनाबूद कर देंगे और मुल्क में खुद आबाद होकर रहेंगे। इन्हें अपने मुल्क से निकालो।' नस्लों को नेस्तनाबूद करने की बात स्वामी पूर्णानंद ने महज उत्तेजना फैलाने के लिए अतिरंजनापूर्वक नहीं

कही थी, बल्कि यह इतिहास से लिया गया सबक था। गोरों ने जहाँ उनसे बन पड़ा, अनेक देश और द्वीप वहाँ के मूल निवासियों से खाली कर दिए, उत्तरी और दक्षिणी अमेरिका इसके जाग्रत् प्रमाण हैं। हाँ, भारतवर्ष ने अपनी संस्कृति और अपना अस्तित्व इसलिए बचाए रखा कि यहाँ के लोग लड़े, हारे और फिर लड़े।

ऐसी ही दो सभाओं की तरह हरिद्वार के पहाड़ में अक्तूबर में ही इसी वर्ष एक और सभा हुई। हिंदू और मुसलमान दोनों संप्रदायों के 565 धर्मगुरु वतन की हिफाजत और गोरों की मुखालफत के लिए इकट्ठे हुए। इनमें 195 मुसलमान धर्मगुरु थे। मौलवी जहीर ने लिखा—इसमें प्रज्ञा चक्षु गोल मुखवाले नौजवान स्वामी दयानंद भी थे, जिन्होंने आगे चलकर आर्य समाज की स्थापना की। इस सभा में स्वामी पूर्णानंद और साईं फखरुद्दीन के भाषणों द्वारा जनता को भारत की हीन दशा से उबारने की प्रेरणा की गई थी। सचमुच यह हमारा मुल्क की होकर उठ खड़ा होना, हमारे सुंदर खातिर मजहबों का मिलकर एक और सुनहरे अतीत की पहचान है। स्वतंत्रता संग्राम की इस योजना में ओमानंद और उनके शिष्य स्वामी पूर्णानंद के गुरु स्वामी बिरजानंद और स्वामी विरजानंद के भिन्न आयुवर्ग के होने पर भी मुस्तैदी से एक साथ थे। साधुओं और फकीरों ने देश में चेतना फैलाने के लिए अपनी चतुर बुद्धि का परिचय दिया। उनके शिष्य देश भर प्रचार करते, कहते कि श्रीकृष्ण और बलदेवजी भागार ने गोसाईं को स्वप्न दिया है कि इस वर्ष जो जन्म स्थान आएँगे, उनकी 7 पीढ़ियाँ तर जाएँगी और फकीरों ने फतवे जारी किए, जो मथुरा मसजिद में नमाज पढ़ेंगे, उनको बड़ा शबाब होगा। इन बातों का परिणाम यह हुआ कि पूरे हिंदुस्तान में एक जमीन अंग्रेजों की बगावत के तैयार हुई, जिसका नजारा 1857 की क्रांतिकारी में पूरी जनता का एकजुट होकर मुकाबले का जौहर देखने को मिला।

□

हिंदुस्तान की तबाही, इंग्लैंड की खुशहाली

दौलत की बेहिसाब भूख, जालिम और शैतान अंग्रेजों की मालामाल हिंदुस्तान पर कब्जे की बुनियादी थी 150वीं सालगिरह जलवे तक अंग्रेज कामयाब होश तो दूर, इस दिशा में सोचने तक से भी डरते थे, पर औरंगजेब के इंतकाल फरमाने के बाद इनके हौसलों में इजाफा हुआ और आखिर 1787 जून की 23 तारीख को नमक हराम मीर जाफर की सत्ता हड़पने की साजिश के बल पर नौजबान नवाब सिराजुद्दौला को हराकर हिंदुस्तान पर कब्जा कर सके। हिंदुस्तान की बदकिस्मती तो देखिए, छल-कपट से मुर्शिदाबाद के किले पर कब्जा करने के बाद भी शहर में दाखिल होने से लॉर्ड क्लाइव इसलिए डर रहा था कि लाखों की भीड़ शहर में जमा थी। उसके पास 200 ब्रिटिश और 300 देशी सिपाही थे। लॉर्ड क्लाइव ने थोड़ा उनका इंतजार किया और फिर शहर में दाखिल हुआ। यदि लाखों की भीड़ एक-एक पत्थर ही फेंककर मारती तो हिंदुस्तान गुलामी के कलंक से बच सकता था। मुर्शिदाबाद के बारे में लॉर्ड क्लाइव ने अपने मुल्क को लिखा था कि मुर्शिदाबाद इतना ही फैला हुआ घनी आबादीवाला और धनी है, जितना कि लंदन का शहर। बस फर्क इतना सा है कि यहाँ का आदमी वहाँ से ज्यादा धनी है। बंगाल का सूती और रेशमी कपड़ा अपनी बेहतरी का सिक्का दुनिया में जमाए हुए था। इसी चकाचौंध से फ्रांस, पुर्तगाली, डच और अंग्रेज हिंदुस्तान के दीवाने थे। आखिर छीना-झपटी में बाजी अंग्रेजों के हाथ लगी। केवल 12

वर्ष में उस बंगाल की, जिस बंगाल की खुशहाली का सारी दुनिया में डंका बजता था, यह हालत हो गई कि वहाँ के आदमी घास, पत्ते, मुरदे खाकर जी या मर रहे थे। लूट का आलम यह था कि आर.सी. दत्त के अनुसार, कंपनी के अधिकारियों की 1757 से 1765 के बीच कुल कमाई 6 लाख पौंड थी, ये बंगाल की कुल वार्षिक आय का चार गुना थी। यह अधिकारियों की भ्रष्टाचार से की गई कमाई थी। ऐसा ही भारी तबाही को देखते हुए 'संन्यासी क्रांति' हुई, जिसकी पृष्ठभूमि पर बंकिमचंद्र चटर्जी ने महान् उपन्यास 'आनंद मठ' की रचना की और 'वंदे मातरम्' जैसा परम यशस्वी गीत भी उसमें शामिल किया गया, जिसने भारत में अनूठी चेतना का संचार किया। लूट के माल से ही हिंदुस्तान की तबाही और इंग्लैंड की खुशहाली आई।

अंग्रेज और अंग्रेजपरस्तों ने 1857 के महासंग्राम को 'सिपाही विद्रोह' कहकर उसकी महिमा घटाने की पूरी कोशिश की, पर सच यह था कि सौ सालों तक अंग्रेजों की बेदर्द लूट और भारत की तबाही इस महाविद्रोह का प्रमुख कारण थी। सिपाही भी मंगल पांडे की शहादत से ताव खा गए और उन्होंने भी भयंकर विप्लव किया, जो विद्रोह का ऐतिहासिक कारण बना। अंग्रेजों द्वारा हिंदुस्तान को खोखला कर दिए जाने पर देशवासियों को इश्तिहारों से बगावत के लिए तैयार किया जा रहा था। आजमगढ़ से ऐसा ही एक परचा साया हुआ, जिसमें लिखा था—

"आप लोग अच्छी तरह जानते हैं कि दगाबाज अंग्रेजों ने नील, अफीम, कपड़े वगैरह जैसी ज्यादा मुनाफा देनेवाली चीजों का व्यापार अपने हाथ में कर रखा है और कम मुनाफा का व्यापार आपके लिए छोड़ दिए हैं। आगे लिखा था कि सरकारी मालगुजारी में छदाम भी मत हो, पक्के तौर पर शक कायम हो जाने से पहले जो भी अदायगी करेगा, वह अपने किए पर पछताएगा। शहंशाह बहादुरशाह जफर ने भी अपनी प्यारी जनता के व्यापारियों को सीधा इश्तिहार जारी किया, जिसमें कहा गया कि यह बात साफ है कि दगाबाज और काफिर ब्रिटिश हुकूमत ने सभी नफीस और कीमती चीजों का व्यापार अपनी मुट्ठी में कर रखा है। यहाँ के लोगों के व्यापार, जैसे—नील,

कपड़ा और जहाजों में भेजी जानेवाली दूसरी छोटी-मोटी चीजों का व्यापार ही छोड़ा है और इसके मुनाफ में भी वे हिस्सा बाँटते हैं। कस्टम्स के जरिए, दीवानी के मुकदमों में स्टैंप फीस वगैरह के जरिए अपना हिस्सा वसूल करते हैं। लोगों द्वारा चुंगी, स्कूलों के लिए चंदे वगैरह के रूप में व्यापारियों के मुनाफा के पास व्यापार नामचार को रह जाता है। इसके अलावा डाकखर्च पर टैक्स लगाते हैं। इस सब रियायतों के बावजूद व्यापारी किसी भी ऐरे-गैरे की शिकायत या इशारे पर जेल में डाले जा सकते हैं या उन्हें नीचा दिखाया जा सकता है। जब बादशाह की सरकार कायम होगी, तब धोखाधड़ी की ये सारी बातें खत्म कर दी जाएँगी और हिंदुस्तान के व्यापारियों के लिए एक भी चीज छोड़े बिना हर माल का जल और थल व्यापार खुला रहेगा। इसके सिवा अपना माल ढोने के लिए भाड़ा दिए बिना उन्हें सरकारी भाप के जहाजों और भाप की गाड़ियों की सुविधा मिलेगी। जिन व्यापारियों के पास खुद की पूँजी नहीं है, उन्हें सरकारी खजाने से सहायता मिलेगी। इसलिए हर व्यापारी का यह कर्तव्य है कि वह लड़ाई में शामिल हो और जैसी उसकी हालत हो, उसे देखते हुए खुलकर या छिपकर आदमी और रुपए-पैसे से बादशाही सरकार की मदद करे और ब्रिटिश हुकूमत के लिए अपनी वफादारी खत्म करें।"

ब्रिटिशों की लूट की कोई सीमा नहीं थी। सिपाहियों ने भी इश्तिहार जारी किए उन्होंने लिखा—

"हिंदुस्तान के सभी निवासियों, हिंदुओं, मुसलमानों और सबको मालूम हो—हिंदुस्तान की फौजें लंदन की हुकूमत के लिए वफादारी से लड़ी हैं और उनके लिए कलकत्ते से पेशावर तक प्रदेश जीता है। इसके बदले में अंग्रेजों ने ये इनाम दिए हैं।

हिंदुस्तान में जहाँ 200 रुपए में मालगुजारी ली जाती थी। वहाँ अब 300 रुपए वसूले जा रहे हैं।

चौकीदारी टैक्स दोगुना फिर चौगुना और फिर दस गुना कर दिया गया है।

भले और पढ़े-लिखे लोगों के पेशे खत्म हो गए हैं। लाखों तलाश में

एक जिले से दूसरे जिले में जाने पर 6 पाई चुंगी ली जाती है और हर गाड़ी के पीछे चव्वनी से अठन्नी तक देनी पड़ती है। जो पैसा दे सकते हैं, वे ही चल-फिर सकते हैं।

सार यह कि हिंदुस्तान लूट से तबाह हो रहा था और ब्रिटेन मालामाल। यही हिंदुस्तान में अंग्रेजों की हुकूमत के खिलाफ सबके खड़े होने की खास वजह थी, जिसे 'सिपाही विद्रोह' कहकर अंग्रेजों ने अपनी हैवानियत छिपाने की वजह से यह रूप दिया।"

□

अंग्रेजों की कृतघ्नता का क्रूर उदाहरण है जलियाँवाला बाग

वैशाखी के उमंग, उल्लास भरे पर्व पर जाँबाज, बहादुर, गर्वीले, सजीले सिखों का उत्साह देखते ही बनता है, पर 1919 में इसी दिन को लिखने और कहने के अयोग्य भर्त्सना से भी सौ दर्जे नीचे की हद तक जाकर निर्मम, क्रूर नराधम माइकल ओ डायर ने ऐसा तांडव किया कि उस दुर्घटना ने अंग्रेज हुकूमत की निर्लज्ज कृतघ्नता के सारे कीर्तिमान ध्वस्त कर दिए। वैसे भी चाल और फरेब से ही इनके राज्य की यहाँ बुनियाद पड़ी थी। 1914 के प्रथम विश्वयुद्ध में, जो इस दुर्घटना के लिए बीते कल की सी ही बात थी, जब भारत ने अंग्रेजों के पक्ष में लड़ने को दस लाख वीर सैनिक दिए थे, जिनमें से लगभग दस प्रतिशत वीरगति का प्राप्त हो गए। इसमें भी पंजाब का हिस्सा अव्वल था। भारत और पंजाब के अद्‌भुत शौर्यपूर्वक दिए गए आदरणीय अवदान की स्याही सूख भी नहीं पाई थी कि हिंदुस्तान को अंग्रेज हुकूमत ने यह जहर भरा तोहफा देकर अपनी असलियत उजागर कर दी। भारत से सैनिकों की भरती के लिए महात्मा गांधी ने भी देश में वातावरण बनाया था। उनकी प्रत्याशा यह थी कि संकट की घड़ी में भारत द्वारा दी गई सहायता के एवज में यह हुकूमत हिंदुस्तान को आजादी देने की दशा में सकारात्मक कदम उठाएगी। यद्यपि तब भी श्रीमती एनी बेसेंट ने अपनी असहमति व्यक्त करते हुए कहा था कि इस हुकूमत पर भरोसा करना बिल्कुल जायज नहीं है। इनसे मदद के बदले आजादी का करार ले लेना चाहिए। पर इनसानियत पर जान छिड़कनेवाले

गांधीजी ने संकट में सहायता का कोई मोल-भाव नहीं किया।

आखिर गोरों की धोखेबाज और शैतानियत भरी फितरत फिर जागी और कल मिले अहसान को दरगुजर करते हुए दिसंबर 1917 में ही रॉलेट ऐक्ट भारत और भारत की आवाज को अधिक शिकंजे में कसने के लिए लागू करने की कोशिश शुरू कर दी। गंभीर रोगग्रस्त महात्मा गांधी इसकी घोषणा से चौंक पड़े। उन्होंने आनन-फानन में 30 मार्च को सारे देश की हड़ताल का ऐलान कर दिया, किसी कारणवश तिथि बदलनी पड़ी! 6 अप्रैल को हड़ताल मुकर्रर की गई। अंग्रेजों ने सभी नैतिक मर्यादाओं को तोड़ते हुए सख्ती से बंदिश लगाई, पर पंजाब इस कार्रवाई में पीछे क्यों एवं कैसे रहता? उसने भी अपना विरोध दर्ज कराया। सबकुछ ठीक-ठाक सा था। आग तो तब लगी, जब 10 अप्रैल को पंजाब के अत्यंत लोकप्रिय नेता डॉ. किचलू और डॉ. सत्यपाल को वहाँ के डिप्टी कमिश्नर ने अमृतसर से निष्कासन के आदेश जारी कर उन्हें धर्मशाला नगर में बंद कर दिया। अपने प्रिय नेताओं की रिहाई की माँग को लेकर नगर सड़कों पर आ गया। भीड़ बढ़ती जा रही थी। इस पर भी शांतिपूर्वक थी। पुलिस ने उसके धीरज की कठोर परीक्षा शुरू कर दी। उसने रेलवे क्रॉसिंग पर उसे रोक दिया। यही नहीं, पीछे खदेड़ने के लिए गोलियों की वर्षा शुरू कर दी। पुलिस के द्वारा की गई शांति भंग से भीड़ बेकाबू होकर बिफर गई और यूरोपियनों को निशाना बनाने लगी। नेशनल बैंक, अलाइंस बैंक तहस-नहस कर डाले। उसका अंग्रेज मैनेजर मार डाला। इसी हलचल में ईसाई महिला श्रीमती शेरवुड भी मारी गई। 11 तारीख को खूँखार राक्षस डायर ने सेना का मोरचा सँभाला। 12 तारीख वैशाखी को तमाम गिरफ्तारियाँ की गईं। सभाओं पर प्रतिबंध लगा दिया गया, पर बहादुर पंजाबियों की लगभग 20 से 30 हजार की आबादी ने जलियाँवाला बाग में अपने नेताओं की रिहाई के लिए अहिंसक ढंग से सभा की। डायर को मुँहमाँगा मौका मिल गया। उसने तीन ओर से ऊँची पक्की दीवारों से घिरे जलियाँवाला बाग, जिसमें एक सँकरा दरवाजा था, ठीक 4:30 बजे, जब हंसराज भाषण दे रहे थे, 50 अंग्रेजों और 100 हिंदुस्तानी सिपाहियों को सभा को बिना खबरदार किए, गोली चलाने

का हुक्म दिया। हिंदुस्तानी सिपाही झिझके भी, पर उसके क्रूर आदेश के आगे लाचार होकर कारतूस खत्म होने तक लगभग 10 मिनट तक गोली चलाना जारी रखा गया। इस दिल दहलाने और खून खौलानेवाली घटना पर अंग्रेज सरकार ने ठंडा रुख रखते हुए हंटर कमेटी बनाई, जो डायर की कार्रवाई को जायज ठहराने की एक कोशिश थी। कांग्रेस ने सरकार से कहा कि सभी के बयान होने चाहिए, पर अंग्रेजों ने कांग्रेस की बात नहीं मानी, तब भी हंटर कमेटी को 379, बाद में सेवा समिति के आँकड़ों के अनुसार 500 नागरिकों की हत्या कबूल करना पड़ी। 1,200 घायल बताए गए। कांग्रेस ने अपनी अलग कमेटी जाँच एवं सहायता के लिए गठित की, जिसमें महात्मा गांधी, पं. मोतीलाल नेहरू, देशबंधु चितरंजन दास, अब्बास तैयबजी, फजलुल हक और संतानम, बाद में एम.आर. जयकर को लेकर बनाई। पं. जवाहरलाल नेहरू को देशबंधु की सहायता के लिए साथ रखा गया। कमेटी ने जाँच करते वक्त दिल दहलानेवाले सच देश को बताए, जिसमें लगभग एक हजार देशभक्तों को शहीद होना बताया गया। गांधीजी ने इस जाँच पर लिखा—'जैसे-जैसे जाँच बढ़ती गई, मुझे सरकार की निरंकुशता और उसके अफसरों के मनमाने तानाशाही रवैए के ऐसे-ऐसे अत्याचारों का पता लगा, जिसके लिए मैं कतई तैयार न था। इससे मुझे बड़ी पीड़ा पहुँची। जिस बात ने मुझे तब और अब तक सबसे अधिक आश्चर्य में डाल रखा है, वह यह है कि जिस प्रांत ने विश्वयुद्ध में सबसे अधिक सिपाही दिए, वही प्रांत इसी प्रकार की पाशविक ज्यादतियाँ चुपचाप कैसे सह गया?'

जलियाँवाला बाग के समय का ही यह उदाहरण हमें रोमांचित कर देता है। शेरवुड की हत्या का बदला लेने के लिए डायर ने हुक्म जारी किया कि जिस गली में वे मारी गई थीं, वहाँ कोई भी राहगीर सीधा न चलने पाए, सब पेट के बल रेंगते हुए चलें। इसके बाद स्त्रियों व पुरुषों पर खुलेआम कोड़े और बेंत लगाने, अंधाधुंध गिरफ्तारियाँ एवं संपत्ति की जब्ती जैसे अनेक दंड उसने लगाए। 15 तारीख को अभृतसर में 'मार्शल लॉ' घोषित कर दिया गया। रेलवे के तीसरे दर्जे के टिकटों की बिक्री बंद कर दी गई। अंग्रेजों के सिवा

सबकी साइकिलें छीन ली गईं। जबरन दुकान और बाजार खुलवाए गए। सार्वजनिक स्थलों पर कोड़े मारने के लिए टिकरिया खड़ी की गई। मार्शल लॉ कमिश्नरों ने 298 व्यक्तियों पर संगीन जुर्मों में मुकदमा किया। 51 को फाँसी, 46 को आजन्म काले पानी और 115 को विभिन्न अवधि के लिए कारावास का दंड दिया गया। यही नहीं, निर्दोष नागरिक, व्यापारी, छात्र, अध्यापक सभी पर दमनचक्र चलाया गया। फेहरिस्त लंबी है। स्कूली छात्रों को 19-19 मील तक अप्रैल की दोपहरी में पैदल चलवाकर हाजिरी के लिए मजबूर किया जाता, 5 वर्ष तक के बच्चों से परेड कराई जाती, मीलों पैदल चलवाया जाता। यूनियन जैक को 'निर्दोष हूँ, अपराध नहीं करूँगा, पश्चात्ताप है, पश्चात्ताप है, पश्चात्ताप है,' जैसे वचन दोहराए जाकर सलामी दिलवाई गई। डायर ने जलियाँवाला बाग पर अफसोस नहीं, रोब जताते हुए कहा कि मेरे पास कारतूस व बारूद और होते तो और गोलियाँ चलवाता। अमृतसर नहीं, लाहौर सहित पूरे पंजाब में डायर का कहर जारी था। अंग्रेज हुकूमत उसे अपराधी मानने को राजी नहीं थी। आखिर हिंदुस्तान के वीर सपूत ऊधम सिंह ने उसके घर जाकर उसकी इहलीला समाप्त कर अपने बलिदान से भारत की लाज रखी।

पंजाब की घटनाओं को समाचारों से सेंसर लगाकर दूर रखा जाने लगा। गांधीजी के पंजाब-प्रवेश पर रोक लगाई गई। अंग्रेजी पादरी और गांधीजी के अनुचर सी.एफ. एंड्रयूज पंजाब पहुँच गए थे। उन्होंने गांधीजी को इन नृशंस घटनाओं से अवगत कराया, जिससे गांधीजी को बारीक जानकारियाँ मिलीं। एक अंग्रेज बैरिस्टर नाटन पंजाब के कैदियों की पैरवी करना चाहते थे, उन्हें पंजाब में घुसने नहीं दिया गया। 'बॉम्बे क्रॉनिकल' के संपादक बी.जी. हैनीमैन, जो पंजाब की जनता के समर्थन में अपने अखबार का योगदान दे रहे थे, को पकड़कर इंग्लैंड भेज दिया गया। उनका अखबार बंद कर दिया गया। वायसराय की शासन परिषद् में भारतीय सदस्य शंकर नारायणन ने मार्शल लॉ का विरोध करते हुए इस्तीफा दे दिया। रवींद्रनाथ टैगोर ने कहा, "समय आ गया है, जब सम्मान के ये चिह्न अपमान के संदर्भ में हमारी लज्जा को

बढ़ाते हैं और जहाँ तक मेरा संबंध है, मैं विशेष सम्मान से रहित हूँ, अपने उन देशवासियों के समक्ष खड़ा होना चाहता हूँ, जो तथाकथित अकिंचितता के कारण ये अपमान के भाजन बन रहे हैं, जो मनुष्य के योग्य नहीं है और 'सर' की उपाधि लौटा दी।"

तब की लोमहर्षक अत्याचारपरक घटनाओं पर फिराक गोरखपुरी के पिता, जो प्रसिद्ध वकील थे, अपने शयराना अंदाज में यों कहा, "मैं दौरे जुनूँ में न हुआ अक्ल से बाहर, आप अपने गरेबां को फाड़ा भी सिया भी। क्या तुमको खबर तुमने तो करवट भी न बदली, मैं दर्द से सौ मर्तबा बैठा उठा भी।" भले ही कैसे भी उस मुसीबत और खौफ से बचनेवाले अथवा उस भीषण नरसंहार के साक्षी अब हमारे बीच नहीं हैं, फिर भी इस संदर्भ को पढ़ने-सुनने से खून खौले बगैर कैसे रह सकता है ?

□

ग्वालिया टैंक मैदान का उद्घोष—करो या मरो!

8 अगस्त, 1942 की रात मुंबई का ग्वालिया टैंक मैदान में मौलाना अबुल कलाम आजाद की सदारत में पं. जवाहरलाल नेहरू ने सरदार पटेल के समर्थन से 'भारत छोड़ो आंदोलन' का प्रस्ताव प्रस्तुत किया। 'भारत छोड़ो' प्रस्ताव स्वीकृत होने के बाद महात्मा गांधी से इस मुहिम की अगुवाई की दरख्वास्त की गई। प्रस्ताव में कहा गया था—'अब मानवता तथा स्वयं अपने हितों में काम करने से रोकनेवाली साम्राज्यवादी और प्रभुत्व-मत्त सरकार के विरुद्ध अपनी संकल्पशक्ति का प्रयोग करने से राष्ट्र को रोकना महासमिति के लिए उचित न होगा। स्वाधीनता और स्वतंत्रता प्राप्त करने के अपने न छिन सकनेवाले अधिकार का प्रयोग करने के लिए अधिक-से-अधिक व्यापक सार्वजनिक आंदोलन की अनुमति दी जाए, ताकि अभी तक के शांतिमय संघर्ष से संचित अपनी सारी अहिंसात्मक शक्ति का देश प्रयोग कर सके। यह संघर्ष अनिवार्यत: गांधीजी के नेतृत्व में होगा। महासमिति उनसे अनुरोध करती है कि वे नेतृत्व करें और जो कदम उठाने हैं, उनका निर्देश दें।' महासमिति ने यह अधिकार भी दे दिया कि नेताओं की गिरफ्तारी के बाद हर भारतवासी स्वयं अपना पथ-प्रदर्शन करेगा।

गांधीजी ने, जो अजीब जोश में भरे हुए थे, अपने बेहद पैने और तीखे तेवर में पहले हिंदुस्तानी, फिर अंग्रेजी में अपने जीवन का सबसे लंबा भाषण दो घंटे बीस मिनट तक दिया। जगत् विख्यात नारा 'करो या मरो' यहीं से दिया

गया। उन्होंने कहा कि मैं फौरन आजादी चाहता हूँ, आज रात को ही, कल सवेरे से पहले, आजादी चाहता हूँ—अगर वह प्राप्त हो सके! अब आजादी सांप्रदायिक एकता की प्रतीक्षा नहीं कर सकती। कांग्रेस को आजादी हासिल करनी है या उसे हासिल करने की कोशिश में मिट जाना है। मुसलिम लीग अंग्रेजों की कुटिल नीति के कारण खिलाफत में थी। गांधीजी ने कहा कि इस बार संघर्ष में ज्यादा बड़ी कुरबानी देनी होगी, क्योंकि संघर्ष का विरोध मुसलिम लीग और अंग्रेज दोनों करेंगे। आगे उन्होंने जनता को प्रोत्साहित करते हुए कहा कि इसी क्षण से तुम्हें अपने को स्वाधीन मानना चाहिए और ऐसा व्यवहार करो, जैसे तुम आजाद हो। गुलामी की जंजीर उसी वक्त टूट जाती है, जिस वक्त गुलाम अपने को आजाद समझ लेता है। मैं एक मंत्र देता हूँ—'या तो भारत को आजाद करेंगे या उसकी कोशिश में मर जाएँगे। गुलामी देखने के लिए हम जिंदा नहीं रहेंगे।' गांधीजी ने इस अवसर पर सरकारी नौकरों, सैनिकों, राजा-महाराजाओं, छात्रों, किसानों, व्यापारियों, विधिवेत्ताओं, समाज के सभी वर्गों को यह क्रांतिकारी संदेश दिया। जनता का भी उत्साह देखते ही बनता था। नेताओं का निर्णय जानने की इतनी उत्कट अभिलाषा थी कि खुले अधिवेशन में जब भाषण होने लगे तो जनता का अपार सैलाब शांत चित्त था। यह समूचे स्वतंत्रता संग्राम का ऐसा जगमगाता अध्याय था, जिसके आलोक में समूचा भारत जाग्रत् हो आजादी के लिए चल नहीं, दौड़ पड़ा। सवेरा होने के पहले ही समूचे नेता गिरफ्तार कर लिये गए। अव सारा देश बेकाबू हो चला था। जनता हिंसा पर उतारू थी। गोली, बंदूक, पिस्तौलों की भाषा में जनता बोल रही थी। कई थानों पर कब्जे कर लिये गए। बलिया में तो 'चित्तू पांडे' की अध्यक्षता में अपनी सरकार बना ली गई। फिर पुलिस का दमन भी शुरू हुआ। पूरे जिले पर फौज ने कब्जा कर लिया। औरतों के बाल काट डाले गए तथा जेवर, कपड़े छीन लिये गए। लोगों को पेड़ों से बाँधकर बुरी तरह पीटा गया। कुछ को थूककर चाटने के लिए मजबूर किया गया। 12 लाख का जुरमाना किया गया, जिसके एवज में 29 लाख वसूले गए। 46 से अधिक लोग गोलियों के शिकार हुए। यह तो एक बानगी है। भारत सरकार ने माना 250 रेलवे स्टेशन नष्ट कर दिए गए। 24 ट्रेनें

पटरियों से उतार दी गईं। 550 डाकखानों को तहस-नहस किया गया। 3 हजार 5 सौ टेलीफोन व टेलीग्राफ काट दिए गए। क्रांतिकारियों की संख्या एक लाख तक पहुँचती थी। अकेले बनारस कमिश्नरी में 32 हजार छात्र स्कूल-कॉलेजों से निकाले गए। गुजरात में 100 से अधिक मिलें 3 महीने तक बंद रहीं। एक दूसरा पहलू यह भी है, जैसाकि के.सी. नियोगी ने उल्लेख किया है—कैरा जिले में छात्र शांतिपूर्वक गिरफ्तार होने को तैयार थे। पुलिस ने उन पर गोली चला दी। 3 छात्र मारे गए। मुंबई के एक इलाके में लड़के जुलूस निकाल रहे थे। लड़के ने थानेदार से कहा, "मेरे सीने में गोली मारो।" थानेदार ने गोली मारी। फिर लड़के ने चुनौती दी, तब उसे सिपाहियों से पकड़वाकर मार दिया। साथ में 5 लड़के और मारे गए। इसी प्रकार पटना में सचिवालय पर झंडा लहराते हुए 11 छात्रों ने पास खड़े अंग्रेज अफसर से कहा, "रोक सकते हो तो रोक लो!" गोली चलाई गई, वे वहीं मर गए, एक अस्पताल में लाया गया। उसने मरने के पहले पूछा कि गोली मेरे सीने में थी या पीठ में? सीने पर बताए जाने पर संतोष की साँस लेकर वह मर गया। 18 महीने के एक बच्चे को फरार बाप का पता बताने के लिए माँ से अलग जेल में रखा गया।

सुभाष चंद्र बोस के भतीजे द्विजेंद्रनाथ ने अपने बयान में बताया—'सबकुछ न बताया तो गोली मार दी जाएगी। पुलिस इस धमकी तक नहीं रुकी। उन्होंने मुझे जूते और घूँसों से मारा।'

कितना बयान करें! राममनोहर लोहिया, जयप्रकाश नारायण, रामानंद मिश्रा, सरदार निरंजन सिंह तालिब सहित एक लाख व्यक्ति कैद किए गए। 96 समाचार पत्रों का प्रकाशन बंद कर दिया गया। तब गांधीजी ने कहा—'हर व्यक्ति को चलता-फिरता अखबार बन जाना चाहिए।' एक अनुमान के अनुसार, 15 हजार से ज्यादा लोग मारे गए। पटना, भागलपुर आदि जगहों पर हवाई जहाज से बम बरसाए गए। इसीलिए हम 9 अगस्त, 1942 के इस 'भारत छोड़ो आंदोलन दिवस' की याद में हम देश के लाखों ज्ञात-अज्ञात शहीदों को श्रद्धा-सुमन अर्पित करते हैं।

□

भारत के स्वाभिमान भारतरत्न लालबहादुर शास्त्री

केवल 61 वर्ष के ही हो पाए थे लालबहादुर शास्त्री कि इस दुनिया-ए-फानी से अपना नाम और काम सोने से लिखकर चले गए। साहस, सादगी, ईमानदारी स्वाभिमान और शालीनता पर उन्होंने कभी समझौता नहीं किया। चाहे वह पितृहीन निर्धन अवस्था का बचपन हो, वैसी ही देश का कैशौर्य और छात्र जीवन, गांधीजी के आह्वान पर पढ़ाई छोड़कर आजादी के समर में कूद पड़ना, स्वतंत्रता के पूर्व ही अंतरिम मंत्रिमंडल में काम करने का अवसर मिला हो या कि देश के आजाद होने पर पं. गोविंद वल्लभ पंत के साथ उत्तर प्रदेश में और पं. नेहरू के साथ देश के मंत्रिमंडल में काम करने का अवसर रहा हो। प्रधानमंत्री के पद तक पहुँचने पर भी उन्होंने अपनी उपरोक्त सुंदर विशेषताओं का भूले से भी उल्लंघन नहीं होने दिया। भारत का हर नागरिक उनके इन गुणों पर अभिभूत है।

सचमुच वे कपड़े पहने गांधी थे, दैनिक जीवन में उनके रहन-सहन का स्तर उनके विविध परिस्थितियों में रहते हुए भी कभी नहीं बदला। वही दातून, नेती, शुद्ध देशी रसोई और मूंज की चारपाई उनके जीवनपर्यंत साथ रही। विदेशों में भी जाने पर उन्होंने अपने धोती, कुरते और नेहरू कट अथवा बंद गले के कोट के पहनने के सिवा कोई दूसरा पहनावा नहीं पहना। अपने आग्रह के प्रति कितने दृढ़ थे, इसका उदाहरण उनके विवाह के अवसर पर मिलता है, जब उन्होंने अपनी माँ की आज्ञानुसार विवाह के लिए हामी भरी।

तब उन्होंने अपने दृढ़ निश्चय का परिचय दहेज न लेकर खादी का एक थान और एक रुपए से अपना विवाह संपन्न कराया। तब के समाज में मान्यताएँ, परंपराएँ आज के मुकाबले ज्यादा सख्त थीं, पर उन्होंने हार न मानी। उसी प्रकार उन्होंने आगे भी अपने परिवार में इस कुप्रथा का चलन नहीं पनपने दिया। गरीबी और फाकापरस्ती औरों के लिए लज्जा की बात हो सकती है, पर अपनी गरीबी पर वे सदैव सिर उठाकर जिए, प्रचुर वैभवशाली पं. नेहरू का लंबा साथ और प्रदेश से लेकर केंद्र में रेल, बिना विभाग के एवं गृहमंत्री और प्रधानमंत्री के पद तक पहुँचकर भी भला किसी के बच्चे रोडवेज की बसों में बैठकर स्कूल जाते होंगे? वे अपने लिए एक कार तक न खरीद सके। ऐसी दशा भी उन्हें उत्कृष्ट त्याग से विमुख न कर सकी। रेल दुर्घटना पर पं. नेहरू के समझाने पर भी उन्होंने त्याग-पत्र देकर ही परम संतोष का अनुभव किया। इसी प्रकार कांग्रेस की सेवा के लिए 'कामराज योजना' के तहत त्याग-पत्र देकर गिरती राजनीति में एक नया अध्याय लिखा। उल्लेखनीय है कि मंत्री पद से त्याग-पत्र देने पर उन्हें घर-गृहस्थी चलाने के लिए तमाम समझौते करने पड़े।

वे बारीक बातों पर भी बहुत ध्यान रखते थे। एक बार जब महाराज ने उनका खाना उठा लिया, जोकि ललिताजी की जिम्मेदारी थी, वे बिगड़ गईं और बुरी तरह से उसे डाँटा, शास्त्रीजी ने मुँह पर उँगली रखकर चुप रहने का संकेत दिया और समझाकर कहा, 'कुदरत को पसंद नहीं सख्ती बयान में, इसलिए नहीं दी हड्डी जबान में', यह शास्त्रीजी की मानव के प्रति उचित सम्मान की भावना का प्रदर्शन था। ललिताजी ने ही उनके बड़े दिल का एक और उद्धरण देते हुए लिखा है—परमाणु परीक्षण के विषय में पं. नेहरू के यहाँ मीटिंग हुई, समुद्र में परीक्षण की बात चली, लौटते समय शास्त्रीजी अत्यंत उद्विग्न और उदास थे। मीटिंग में उन्होंने न कुछ खाया, न चाय-नाश्ता लिया। वे अपने कमरे में घूमते हुए बड़बड़ा रहे थे, तभी पी.ए. ने आकर कहा कि पंडितजी आपको बुला रहे हैं। नेहरूजी ने कहा कि आप नाराज होकर चले गए। उन्होंने कहा कि मैं नाराज होकर नहीं गया। नहीं-नहीं, तुम नाराज

होकर चले गए थे, मैंने भी सोचा है कि जल्दी में कोई निर्णय नहीं लेना है, फिर पंडितजी के साथ खाना खाकर वापस आए। यह उनके दृढ़ स्वभाव की जीत थी।

ये तो रहीं घर की बातें, पर जब पाकिस्तान ने अमेरिका के बलबूते हिंदुस्तान पर लड़ाई छेड़ दी, तब उन्होंने ललकारकर कहा कि हथियार का जवाब हथियार होगा और पाकिस्तान तथा अमेरिका दोनों को रक्षा और अस्त्र के मामले में अपने स्वाभिमान का परिचय देते हुए उन्होंने जो मंत्र उच्चारित किया, उसने भारत सेवकों का मानवर्धन कर अनोखे साहस का संचरण किया। देशवासियों को भी उन्होंने अमेरिका को जवाब देने के लिए सोमवार को स्वयं उपवास रखते हुए उपवास रखने का आह्वान किया, जिसका देशवासियों ने समुचित आदर किया और अमेरिका की अन्न पदार्थ की धमकी को करारा जवाब दिया। देश उनके कहे पर अनुसरण करता था, यह उनके अपूर्व आत्मबल का ही प्रभाव था। पाकिस्तान के सदर अयूब खान के मुगालते को तोड़ते हुए जब हिंदुस्तान की फौजें पाकिस्तान पर हावी हो गईं, तब दिल्ली के रामलीला मैदान में उनके इस कहे को पाकिस्तान के तानाशाही अयूब साहब सोचते थे कि वे अमेरिकी पेटन टैंक लाल किले तक पहुँचा देंगे। एक खामखयाली थी, इसे भारत ने सिद्ध कर दिया है। इसे देश से कोई टकरा नहीं सकता। उनके साहसिक निर्णय और पाकिस्तान की पराजय ने चीन से मिले जख्मों को पूरी तरह धो दिया। द्विवेदी ने कहा कि शांति खोजने गया, शांति की गोद सो गया। मरते-मरते विश्व-शांति के बीज बो गया। कोई कुछ भी कहे, भाव अब शुद्ध न होगा। उनकी पुण्यतिथि पर सदैव उनको स्मरण करते हुए समूचा देश गौरवान्वित होता है।

□

पगड़ी बची रही, सिर बेशक दे दिया

आज हमारे नौनिहाल उम्र के जिस पड़ाव पर अपनी शिक्षा पूरी कर रोजगार और हैसियत की तलाश में जद्दोजहद करते हैं अथवा और ऊँची शिक्षा के लिए प्रयत्नशील रहते हैं, उस 22–23 वर्ष की दरम्यानी में तो शहीद-ए-आजम भगत सिंह 27 सितंबर, 1907, राजगुरु 24 अगस्त, 1908 और सुखदेव 15 मई,1907 का पैदा होकर 24 मार्च, 1931 को भारत में भूचाल और अंग्रेजों को करारी मात देकर फाँसी पर हँसते-हँसते चढ़ गए। यह उम्र तो शहादत की है, वरना वे तो 6–8 साल पहले से ही देश पर मरने के लिए दीवाने हुए जा रहे थे। भगत सिंह को तो 1927 में ही साठ हजार की जमानत लेकर छोड़ा गया था, उनके जबर हौसले का इसी से आसानी से अंदाजा लगता है। सरदार भगत सिंह भावना और उद्वेग भर से जान होमने पर आमादा नहीं थे, उस कम उम्र में भी वे बेइंतहा जहीन अक्ल के मालिक थे। दुनिया भर का साहित्य—फ्रांस, रूस की क्रांति, आयरलैंड जैसे मुल्कों पर उनका अध्ययन विस्तृत था। गिरफ्तार होने पर पिताजी को पहले लिखे पत्र में गीता रहस्य, नेपोलियन की मोटी सुआने उमरी (विस्तृत जीवन-चरित्र) और अंग्रेजी के मशहूर उपन्यास लाने के लिए लिखा था, जब उन्हें फाँसी लगने को ही थी। तब उनसे आखिरी ख्वाहिश पूछने पर उनका जवाब था—"कुछ नहीं, बस लेनिन थोड़े और रह गए पूरा कर लेने दो।' वे आला दिमाग के ही मालिक नहीं थे, खूबसूरत और गठा हुआ जिस्म भी उन्हें हासिल था।

8 अप्रैल, 1929 को असेंबली में जब उन्होंने बम और परचे फेंके थे, तब उनके परचे में कहा गया था कि बहरों को सुनाने के लिए धमाका करना जरूरी

है। इस परचे के अंतिम पद में लिखा गया था—'क्रांति की देवी का अभिषेक करने के लिए, जो सबको स्वतंत्रता प्रदान करेगी, कुछ व्यक्तियों का बलिदान आवश्यक है, तभी मनुष्य के द्वारा मनुष्य का शोषण असंभव हो सकेगा। क्रांति चिरंजीवी हो।' वे चाहते तो बम फेंककर फरार हो सकते थे, पर अदालतों के मार्फत देश-दुनिया में सविस्तार ढंग से अपने अभियान का औचित्य पहुँचा सकें, इसलिए वे गिरफ्तार हुए। उन्होंने 3 मार्च, 1931 को दो आखिरी खत अपने छोटे भाइयों को भविष्य के लिए लिखे—"मैं तुम्हें बिल्कुल मुसीबत में छोड़कर जा रहा हूँ। तुम्हारे प्रति सोचकर मरा जाता हूँ, हौसला रखना, मुसीबत में कभी सिर्फ मोहब्बत और हौसले से ही गुजारा हो सकेगा।" दूसरे भाई को जो लिखा, वह सचमुच हमारी मूल्यवान् विरासत है—"उसे यह फिक्र में हरदम नया तर्ज-ए-जफा क्या है, हमें यह शौक है, देखें सितम की इंतहा क्या है? दहर से क्यों खफा रहें, चर्ख का क्यों गिला करें, सारा जहाँ अदू सही, आओ मुकाबला करें। कोई दम का मेहमां हूँ, ऐ एहले महफिल, चरागे सहर हूँ, बुझा चाहता हूँ। खुश रहे एहले वतन हम तो सफर करते हैं।"

जिस बेरहमी से सांडर्स की लाठी से लाला लाजपय राय आहत हुए थे, सांडर्स की हत्या के बाद लाल परचे बाँटे गए और उनमें ऐलान किया गया कि सांडर्स मारा गया, लालाजी की मृत्यु का बदला ले लिया गया। प्रतिक्रिया व्यक्त करते हुए पं. नेहरू ने कहा कि देश को ऐसा महसूस हुआ कि लालाजी के रूप में कौम की इज्जत रखी गई है। यह भी बताना जरूरी है कि लालाजी इन क्रांतिकारियों से हिंसा के मार्ग पर चलने के कारण उन पर गुस्सा थे। लाला लाजपत राय की निर्मम हत्या से उपजे क्रोध में उन्होंने सांडर्स की हत्या की। पं. नेहरू ने भी अहिंसा के हामी होते हुए लिखा कि हमारे सबसे बड़े नेता के साथ ऐसे बुरे व्यवहार का होना बिल्कुल पैशाचिकता है। इसे देखकर हिंदुस्तान भर में एक क्रोध फैल गया, 'हम कितने असहाय एवं घृणा योग्य हैं, अपने नेताओं की रक्षा नहीं कर सकते।'

शहीद भगत सिंह और उनके साथियों की शहादत पर पूरा देश रोया, घरों के चूल्हे नहीं जले, बच्चे स्कूल नहीं गए, देश में गांधीजी लोकप्रियता से

भगतसिंह के प्रति जनता का अनुराग कम नहीं था। उनकी शहादत के कुछ ही दिनों बाद फाँसी दिए जाने से देश के नौजवानों के क्रोध से बचने के लिए बंद कनात में कांग्रेस का अधिवेशन कराची में हुआ। पूरे देश में गांधीजी का फाँसी न टलवा पाने के कारण विरोध हुआ, वैसे जमाने में भी बाबू सुभाष चंद्र बोस और उनके साथियों ने इन शहीदों की प्रशंसा में प्रस्ताव रखा। गांधीजी की अहिंसा के अनुरूप यद्यपि वह नहीं था, फिर भी वह बहुत कम वोटों से गिरा। अंततः राजनीतिक हिंसा से कांग्रेस को अलग रखते हुए और उसे अमान्य करते हुए उनकी वीरता और बलिदान की प्रशंसा की गई।

देश पर न्योछावर होने की उनकी ललक पर उनके पिता से उनके मतभेद पर एक मार्मिक प्रसंग अवश्य काबिल-ए-जिक्र है—आपके पिताजी ने फाँसी की सजा होने पर अदालत में एक आवेदन लगाया, जिसमें सांडर्स वध के मामले में अनेक अकाट्य प्रमाण सरदार भगत सिंह को निर्दोष साबित करने के लिए लिखे गए। यह एक होनहार नौजवान के पिता के हृदय की मर्मांतक वेदना थी, किंतु वह तो स्वयं, परिवार, समाज, क्षेत्र की सीमाएँ तोड़ते हुए देश के लिए प्राण देने के पुण्य पर तुले हुए थे। अंग्रेजों के प्रति, जो आक्रोश एवं पिताजी के प्रति जो क्रोध उनके मन में था, देखें—'मैं जानता हूँ कि आपने पूरा जीवन भारत की आजादी के लिए न्योछावर कर दिया है, पर इस महत्त्वपूर्ण घड़ी में ऐसी दुर्बलता आपने क्यों दिखाई, यह मेरी समझ से परे है। मैं आपको अपने दूसरे मित्रों और मुकदमे से सहानुभूति रखनेवालों से यह स्पष्ट कर देना चाहता हूँ, आपके इस कार्य को मैं अच्छी दृष्टि से नहीं देखता। मैं आप पर दोष लगाते हुए या दूसरों से भी अधिक आपके इस कार्य की निंदा करते हुए सभ्यता की परिधि न लाँघ जाऊँ, मेरे शब्द अधिक कठोर न हो जाएँ, फिर भी मैं इतना अवश्य कहूँगा कि यदि कोई और होता तो मैं उसे देशद्रोही से कम न समझता, पर आपके लिए नहीं कह सकता।'

शहीद-ए-आजम के प्रभामंडल के आगे सुखदेव और राजगुरु की चर्चा भले ही कम हो पाती है, परंतु देश शहीद-ए-आजम के प्रभामंडल के आगे सुखदेव और राजगुरु की चर्चा उनका भी उतना ही कर्जदार है। राजगुरु तो

भगत सिंह से देशभक्ति में इतने प्रतिस्पर्धी थे कि भगत सिंह से पहले सांडर्स को गोली मारी। असेंबली में बम फेंकने की जब बात आई तो वहाँ भी वह भगत सिंह के साथ रहना चाहते थे, पर चंद्रशेखर आजाद के कहने पर कि तुम पढ़े-लिखे कम हो, अंग्रेजी का ज्ञान कम है, अपनी बात नहीं कह सकोगे, तब उन्होंने कहा कि आप हमें परचा लिख दीजिए, कॉमा, फुलस्टॉप तक की गलती नहीं होने दूँगा, किंतु आजाद के न मानने पर वे नाराज होकर पूना चले गए। सुखदेव भी वतन पर मर-मिटनेवाले एक होनहार जहीन नौजवान थे। वे सब इस पंक्ति के पर्याय थे—'मेरी कोशिश थी, मेरी पगड़ी रहे, बस इसी कोशिश में मेरा सर गया।' हमें उन पर गर्व है। हिंदुस्तान हमेशा इनका कर्जदार रहेगा। ये मृत्युंजयी वीर हमारे सौभाग्य हैं, हमें उन पर गर्व है।

□

मस्तानी-बाजीराव–अद्वितीय प्रणय गाथा

एक ने वियोग में तड़पते प्राण छोड़े तो दूसरी ने सुनते ही दुनिया छोड़ दी। यह अनुपम प्रणय गाथा उन बाजीराव पेशवा और मस्तानी की है, जिन पेशवा बाजीराव को उन छत्रसाल ने, जिन छत्रसाल की सुभट वीरता की प्रशंसा में उन्हें छत्रपति शाहूजी महाराज के साथ तुलना करते हुए महाकवि भूषण ने कहा था कि 'सराहों शिवा को कि सराहों छत्रसाल को', ऐसे वीर श्रेष्ठ छत्रसाल जब मुगल सूबेदार मोहम्मद खान बंगश से घिर गए, तब उन्होंने अपने चतुर्दिक् सब ओर देखा, पर आंशा बँधी तलवार और आन के धनी विकट योद्धा बाजीराव पेशवा पर उन्होंने कविता में अपना संदेश यों भेजा। कहा तो यह जाता है कि यह संदेश वाहक महाकवि भूषण ने ही किया था, उसमें लिखा था—'जो गति ग्राह गजेंद्र की सो गति भई है आज, बाजी जाति बंदेल की बाजी राखो लाज' बिना पल गँवाए बाजीराव पेशवा जबर होंसले के साथ युद्ध में कूद पड़े और अपने तुमुल संघर्ष से सूबेदार बंगश को खदेड़ भगाया।'

अनुगृहीत, संकटमुक्त पन्ना नरेश महाराज छत्रसाल ने भावाभिभूत हो बाजीराव पेशवा को अपना तीसरा पुत्र घोषित कर उन्हें अपनी विरासत का तृतीयांश सौंपा। साथ ही 15–16 वर्ष की अनिंद्य सुंदरी कलावंत मस्तानी भी उन्हें सप्रेम भेंट की। सौंदर्य, साहस, कला, समर्पण का अद्भुत सम्मिश्रण थी मस्तानी बाजीराव पेशवा। वह दैनिक आरती, भजन में अपनी कलावंत प्रतिभा से पेशवा को अभिभूत करती कदम-कदम मिलाकर बैरियों से दो-दो हाथ कर उन्हें फतेहसाब कराती। भगवान् के बाद बाजीराव पेशवा की ही शरण्य थी मस्तानी, अपने हुनर, अपनी खिदमत से उन्होंने पेशवा का ऐसा दिल जीता कि

शेरदिल पेशवा मस्तानी के ही होकर रह गए। किंतु मस्तानी ही नहीं, स्वयं पेशवा भी सबकुछ होते हुए भी नसीब से बड़े गरीब थे। वंश प्रतिष्ठा और परिवार की शांति ने जन्मजात सेनापति और अजेय योद्धा को कैसा निरुपाय कर दिया कि उसे कोई रास्ता नहीं सूझा और दग्ध हृदय लिये अपने को नशा और मदिरा के हवाले कर दिया। उनकी पत्नी आशा बाई, छोटे भाई चिमनाजी, माँ राधाबाई और ज्येष्ठ पुत्र नाना साहब सभी चिंतातुर थे। उन सबने अथक प्रयत्न किए कि पेशवा मस्तानी को भूल जाएँ, पर सब व्यर्थ! ऐसी निर्मम योजना भी बनाई गई कि मस्तानी को कैद में ही समाप्त कर दिया जाए। पर छत्रपति साहूजी नहीं चाहते थे कि वे अपना सुभट वीर सेनापति से किसी कारण से खो दें, वरन् छत्रपति साहूजी ने तो 12 जनवरी, 1740 को यह परामर्श तक भिजवाया कि मस्तानी को कारावासमुक्त कर बाजीराव को उनके साथ रहने का अवसर दें, ताकि वह अपनी राह बदल सकें, मस्तानी को कैद रखकर उनका दिल न तोड़ें, परिवार नहीं चाहता था कि ये दोनों सुख से रहे, अब पेशवा निराश हो बीमार रहने लगे थे। यद्यपि इस तनाव भरे वातावरण में भी उन्होंने युद्ध यात्राएँ कीं, पर लौटते ही फिर शैया पकड़ ली। आखिरकार मार्च आते-आते उनके भाई चिमनाजी ने नाना साहब से आग्रह किया कि पूज्य बाजीराव का दुःख देखा नहीं जाता, मस्तानी को उनके पास भेज दिया जाए। पर यह उपचार शीघ्र न हो सका और पेशवा मस्तानी के पवित्र प्रेम की स्मृति लिये नर्मदा के तट पर 28 अप्रैल, 1740 को संसार छोड़ गए। परिवार, समाज, सामंत, यहाँ तक कि छत्रपति साहूजी महाराज सबको यह निश्चल प्रणय रास न आया। भारतवर्ष के नायाब बहादुर सिपाही पर बंदिशें लगाई गईं, मस्तानी कैद में डाल दी गई, किंतु जो आग बराबर की दोनों ओर लगी हुई थी, वह बुझने का क्या नाम लेती! वह तो दोनों को बुरी तरह खाए जा रही थी। हिंदुस्तान का होनहार भरोसा बैरी से नहीं, अपनों और अपनी किस्मत से धराशायी होता जा रहा था। जो उत्साह, उमंग से हर वक्त शत्रुओं के लिए काल साबित होता था, अब मौत तलाश रहा था। निराशा और बिछोह ने ऐसा घाव दिया कि अब वह मस्तानी या मौत में से किसी एक का ही होकर रहना चाहता था और 42 वर्ष की अवस्था में, जो

जौहर दिखाने की उम्र होती है, में मस्तानी के वियोग में छटपटाकर वह किस्मत का मारा नरशार्दूल संसार से विदा ले गया।

उधर पूना में बाजीराव से दूर कैद रखी जा रही मस्तानी ने जब यह मर्मांतक दुःसंवाद सुना तो सुनते ही अपने आश्रय और अपने आराध्य को भेंटने के लिए पलभर में ही दुनिया छोड़ दी। यह प्रेम-भक्ति का अपूर्व परिचय इतिहास की धरोहर है। दुनिया से रुखसत होते उसकी उम्र क्या थी, केवल 28-30 वर्ष! बाजीराव पेशवा की औलाद शमशेर बहादुर महज 6 वर्ष का था। किंतु वह तो केवल बाजीराव के लिए बनी थी। इस कम उम्र में जब जिंदगी जीने की उद्दाम इच्छा होती है, तब उसने अपने प्राणाधिक में समान ही अपना परम हेतु समझा। ऐसा उदाहरण दुनिया में ढूँढ़े नहीं मिलेगा, जैसा उन्होंने आज से 265 वर्ष पूर्व प्रस्तुत किया था।

मस्तानी हिंदू न थी, पर उसके प्रेम ने उसे परम श्रेष्ठ पतिव्रता हिंदू बना दिया। उनका पूरा जीवन विशुद्ध हिंदू रीति-रिवाजों के आधार पर बीता। खानपान, रहन-सहन, पूजा-अर्चना, सब वे अपने आश्रय पेशवा के धर्मानुसार करती थीं। पति की मृत्यु की सूचना पाकर ऐच्छिक मृत्यु का वरण तो उसे महासतियों की कोटि में रखता है। हिंदू नारियों के लिए सचमुच वे ईर्ष्या का विषय थीं। महाराष्ट्र में उसे 'सती सुहागिन' माना जाता है।

हाँ, परिवार, समाज, परिस्थितियाँ ऐसी घोर अनुदार और कठोर नहीं होतीं तो निश्चय ही इतिहास को कुछ और दिशा मिलती। यह समर्पण और प्रति समर्पण भारत-भक्ति का एक मनभावन भविष्य देकर गया। बाजीराव पेशवा के अपने वंश के नानाराव पेशवा और मस्तानी बाजीराव के वंश के अली बहादुर दोनों ने ही महारानी लक्ष्मीबाई के साथ मिलकर अंग्रेजों से कठोर युद्ध किया। यह भी विस्मय विमुग्ध करनेवाला संयोग है कि रानी के वीरगति प्राप्त करते समय तक यह दोनों सुभट वीर उनकी मुहिम के जाँबाज सिपाही थे। यह पेशवा और मस्तानी के हुसैनी मिजाज की भारत को मिली शानदार विरास्त थी।

□

स्वतंत्रता संग्राम की बुनियाद महारानी लक्ष्मीबाई

चार वर्ष की आयु में माँ का साया उठना, 13 वर्ष की आयु में विवाह, 16 वर्ष की आयु में माँ बनीं और 18-19 की होते-होते पुत्र-वियोग तथा वैधव्य की कठोरतम पीड़ा झेलनेवाली को एकबारगी अबला में शुमार किया जा सकता है, किंतु नहीं, इस कठोर कंटकाकीर्ण मार्ग पर चली महारानी लक्ष्मीबाई ने अपने अपूर्व साहस से दिग्दिगंत में स्वाभिमान, क्षमता में नारी की उत्कृष्टता की कीर्ति पताका फहराई। 23 वर्ष की आयु में शत्रु को धूल चटाते हुए शहीद हुईं।

महारानी लक्ष्मीबाई अल्प वय में ही अनेक दांतों तले उँगली दबानेवाले कौतुकों से देश-दुनिया को चमत्कृत करनेवाली अमर सेनानी थीं। उनका जीवन महाभारत के अर्जुन और छत्रपति शिवाजी के प्रेरणादायी पावन संस्मरणों से ओत-प्रोत था और नित्यप्रति भोर की बेला के पहले ही गीता का पाठ कर अपना दिन शुरू करती थीं। गीता उन्हें कंठस्थ थी, वह अर्जुन, छत्रपति शिवाजी, गीता परायण का श्रेष्ठतम प्रसाद थीं। महारानी लक्ष्मीबाई सुभट योद्धा तो थीं ही, अनुगम रूपराशि की स्वामिनी भी थीं। उनकी सलोनी छवि के कारण ही उनके पिता उन्हें 'छबीली' कहते थे। विपुल पराक्रमी प्रवृत्ति के कारण उन्हें इस नाम से चिढ़ होती थी। किशोर होते-होते वे रण निपुण योद्धा हो चुकी थीं। घोड़े की लगाम दाँतों में दबाकर दोनों हाथों से तलवार चलाना उन्होंने तभी सीख लिया था। घुड़सवारी, मल्ल विद्या में भी वह विशारद हो चुकी थीं।

आज के नौनिहाल जिस आयु में कॅरियर तय करते हैं, उस उम्र में तो उन्होंने अपने हुसैनी मिजाज से दुनिया को इतिहास का सुनहरा अध्याय लिख वीरगति को प्राप्त कर लिया था।

रानी के अपूर्व तेज-तप के कतिपय प्रसंग आपके समक्ष रखना चाहता हूँ— महाराज गंगाधर राव मरणासन्न थे, तभी उनके जन्मदिन का प्रसंग आया। एजेंट एलिस ने महाराज के हुजूर में हाजिर होकर कहा कि हम माफी चाहते हैं। आपका जन्मदिन संडे को होने के कारण हम आपको तोपों की सलामी नहीं दे सकते। रानी परदे की ओट में थीं। महाराज एलिस की बात पर विवाद न बढ़ाने की खातिर रजा होना चाहते थे, लेकिन महारानी ने कहा कि एजेंट एलिस संधि के मुताबिक आपको महाराज को सलामी देना पड़ेगी। रही बात संडे की, तो मैं आपसे दो बातें पूछना चाहती हूँ—क्या महारानी विक्टोरिया की वर्षगाँठ पर आप संडे को तोप नहीं दागते? इसी प्रकार विश्वयुद्ध में संडे को तोपें चली थीं या नहीं? निरुत्तर एजेंट एलिस को आखिर तोपों की सलामी देना ही पड़ी। इसी तरह जब पुत्र-वियोग के उपरांत दत्तक पुत्र की बात चली, तब भी रानी की गुजारिश का जवाब यही एजेंट एलिस लाया। उसने कहा कि हुकूमत ने आपकी अर्जी नामंजूर कर दी है। अब आप किला छोड़कर अलग हवेली में रहेंगी और आपकी पेंशन मुकर्रर कर दी जाएगी। परदे की ओट से रानी का तीखा जवाब आया कि 'मैं अपनी झाँसी नहीं दूँगी' और उन्होंने अपने कहे पर हँसते-हँसते अपने प्राण दे दिए। रानी में कैसा तप-तेज था, इसका भी एक उदाहरण देखें—रिसालदार काले खाँ के नेतृत्व में बागी फौज अंग्रेजों का सफाया करते हुए महल पर हावी होने को थी। फौज अनियंत्रित हो कह रही थी कि हमें रसद-पानी दो, वरना हम महल उड़ा देंगे। रानी के पास थोड़े से सैनिक थे। रानी असहाय सी, लेकिन रानी सफेद साड़ी में लिपटी हुई बाहर आई। फौज एकदम स्तब्ध रह गई। रिसालदार काले खाँ ने नारा बुलंद किया—'खलकत खुदा की हुकुम बादशाह का, राज रानी साहब का।' रानी ने सतेज आवाज में पूछा कि तुम कौन हो? काले खाँ ने कहा कि हम आपके ताबेदार रिसालदार काले खाँ हैं।

रानी ने कहा कि तुम्हारी तलवार पर बेगुनाहों का खून लगा हुआ है। आप सब तो फौज के सिपाही हैं, क्या ऐसे ही अंग्रेजों से मुकाबला करेंगे? काले खाँ ने कहा कि नहीं। हम बेगुनाह हैं। उन्होंने कहा कि क्या चाहते हो? काले खाँ ने कहा कि फौज भूखी-प्यासी है। इनको गुजारा चाहिए। उन्होंने तुरंत अपने गले से बेशकीमती कंठहार उनकी ओर फेंक दिया और कहा कि हिंदुओं को गंगा की, मुसलमानों को कुरान की सौगंध, मेरी झाँसी पर कोई आँच नहीं आनी चाहिए। आप सीधा दिल्ली कूच करें, तब दिल्ली क्रांति का केंद्र थी। रानी में इस कम उम्र में भी कैसा सर्वधर्म समादर था, इसका उदाहरण भी बड़ा प्रेरक है। रानी के तोप जमादार गुलाम गौस मोहम्मद मशहूर गोलंदाज थे। वे तोप के पास चुप खड़े थे। रानी गश्त पर थी। उन्होंने देखा कि गौस मोहम्मद खाँ चुप बैठे हैं। अंग्रेज धड़ाधड़ गोले बरसा रहे हैं। उन्होंने फौरन उनके पास पहुँचकर पूछा कि गौस खाँ, यह क्या है? यह मैं क्या देख रही हूँ। कुछ अरसे में झाँसी फिरंगियों की हो जाएगी। गौस मोहम्मद ने जवाब दिया कि रानी साहब, हम बड़ी मुसीबत में हैं। हम तोप चलाते हैं तो हमारी जद में भगवान् श्रीराम का मंदिर आता है। यदि हमसे टूटता है तो कहर बरपा हो जाएगा, क्योंकि मैं मुसलमान हूँ। रानी ने कैसा जवाब दिया कि इस पर हम आज भी फख्र कर सकते हैं। उन्होंने कहा कि गौस मोहम्मद तुम तोप चलाओ, यदि मंदिर टूटेगा तो मैं सोने का बनवा दूँगी, लेकिन हमारा जाँबाज बहादुर गौस खाँ चला जाएगा तो उसे हम कहाँ से लाएँगे? यह रानी का ही प्रताप था कि उनकी सेना में सभी वर्गों का स्वैच्छिक प्रतिनिधित्व था। कोरी, तेली, तमोली, गुंसाई, साधु-संन्यासी ही नहीं, काफी तादाद में युवतियाँ भी थीं। राजपूत, मराठे, पठान, ब्राह्मण तो थे ही, जिन्होंने पहले स्वतंत्र संग्राम में अपना अमर बलिदान दिया। सुंदर-मुंदर उनकी सहेली कमाल की कलावंत, मोतीबाई, बख्शिन तो उनकी ओहदेदार थीं। रानी ने अपने साथियों को कह रखा था कि मृत्यु उपरांत भी फिरंगी मेरी देह से स्पर्श न कर पाए, इसका खास खयाल रखा जाए। उनके इस पावन और आदरणीय संकल्प को उनके अंतिम साथी मुंदर, जूही, रघुनाथ, गुल मोहम्मद और रामचंद्र देशमुख ने

उनके अमर बलिदान के बाद गंगादास की शाला के स्थान पर तुरंत घास में आग लगाकर अंत्येष्टी कर दी। बाबा गंगादास ने मरते समय उन्हें गंगाजल पिलाया। वह पवित्र मिट्टी ग्वालियर की ही थी, जहाँ वे ब्रितानिया हुकूमत की चूलें हिलाकर सदा-सदा के लिए मौत की नींद सो गईं। सारा मुल्क उनकी शहादत को कभी नहीं भुला सकता। वे प्रथम स्वतंत्रता संग्राम की परम श्रेष्ठ नायक थीं। हमारे स्वतंत्रता संग्राम की वे बुनियाद थीं। आखिर लगभग 90 साल बाद उनके अमर बलिदान ने हमें हमारी आजादी दिलाई।

□

मैं अपनी झाँसी नहीं दूँगी

दुनिया के साथ तरक्की की छलाँगें लगाते रोशन खयाल हिंदुस्तान में आज भी 23-24 वर्ष की लड़की के माँ-बाप उसकी देखरेख, उसे जमाने की समझ देने और उसके खुशहाल भविष्य के लिए नींद भर सो भी नहीं पाते। डेढ़ सौ वर्ष पहले इसी कमसिन उम्र में हिंदुस्तान का सुनहरा इतिहास लिखकर महारानी लक्ष्मीबाई अपनी आन-बान-शान के खातिर वीरगति को प्राप्त होकर 'जब तक सूरज-चाँद रहेगा', तब तक के लिए अमर हो गईं। यह उम्र तो उनके प्राणोत्सर्ग की थी, वरना वे तो 5-7 वर्ष पहले से ही अनेक दुर्लभ मानवीय गुणों का परिचय देकर जहाँ अंग्रेजों को थर्रा रही थीं, वहीं वे हताश, निराश भारत को विस्मय विमुग्ध कर रही थीं। उन्होंने शैशव से ही अपनी और पेशवा के दुलार से रणविशारद की दीक्षा ली थी। उनका पराक्रम और कौशल सुभट वीरों पर भी भारी था। उन्होंने अपनी शिक्षा-दीक्षा से बैरियों का दलन तो किया ही, अपनी प्रजा वत्सल ममता से समूचे झाँसीवासी नर-नारियों का दिल भी जीत लिया। वे उनके अपूर्व चरित्रबल से प्रभावित होकर अंतर्मन से उनके एक इशारे पर जान होमने को तैयार थे। यही कारण था कि विधवा और अंग्रेजों के मुकाबले अत्यंत सामर्थ्यहीन होने पर भी उनकी प्रजा निराशा के भँवर में डूबकर इधर-उधर भागने की बजाय, जान हथेली पर रख होड़ लगाते हुए मरने को तैयार न होते। अपनी प्रजा को अपने परिवार का मान दिलाना सचमुच उनका अद्वितीय गुण था।

आज उस जमाने के 150 वर्ष बाद भी हम स्त्री-पुरुष और वर्गभेद में उलझे होकर अपने इतिहास के प्रति गुनहगार ही साबित होते हैं। रानी

लक्ष्मीबाई ने तब न केवल हिंदू-मुसलिम, बल्कि समाज में जिन्हें बराबर का दर्जा भी न ही मिलता और उपेक्षा जिनकी नियति होती है, उनको भी अपनी ममता से जंग-ए-आजादी में शहीद होने का अवसर देकर अमर कर दिया। इसी प्रकार राजे-रजवाड़े और बड़े घरों की ही नहीं, बल्कि साधारण से भी निम्न वर्ग की तरुणियों को इस अनुष्ठान का हविष्य बनने को प्रेरित कर उनकी भी अमरगाथा चमकते हुए अक्षरों से इतिहास में दर्ज कराई।

सुंदर, मुंदर, मोतीबाई, बड़ी लड़ेती, झलकारी बाई उनके साथ कंधे-से-कंधा मिलाकर जान की परवाह न करते हुए मौत से मुकाबला कर रही थीं। रानी भी उन्हें दासी-बांदी नहीं, अपनी बहन और सखी मानती थीं। कितने नाम हैं, जिन्होंने रानी और हिंदुस्तान की वफादारी में किसी सिले या इनाम के लिए नहीं, अपने प्राण न्योछावर कर दिए। तोप जमादार गुलाम गौस खाँ, खुदाबख्श अजीमुल्ला खाँ, बुरहानुद्दीन और वह गुल मोहम्मद, जो रानी के शहीद होने तक उनके साथ साए की मानिंद रहा। इन सबकी वफादार कुरबानी न होती तो निश्चय ही रानी भी समय के थपेड़ों में विलीय हो गई होती।

रानी विशाल हृदय अपूर्व तेज, बल और विकट साहस के साथ अनुपम स्वाभिमान की भी स्वामिनी थीं। कतिपय उदाहरण दिए जाना योग्य है। जब अंग्रेजों से फौज बागी होकर झाँसी लूटने को स्वच्छंद होने लगी, तब उन्होंने महल की अटारी से सतेज हो बागियों के सरदार से पूछा, 'तुम कौन हो?' तो उसने कहा कि मैं रानी साहब का ताबेदार, रिसालदार काले खाँ। रानी ने उसकी उद्दंडता को बुरा-भला कहते हुए, 'कहाँ क्या चाहते हो?" उसने कहा, 'हम बे-रसद हैं, वे दाना-पानी हैं। लूटपाट हमारी मजबूरी है।' तब उन्होंने महँगा तोड़ा फेंककर कहा, 'जाओ सीधे दिल्ली पहुँचो। हिंदुओं को सौगंध।' तब सरदार ने नारा लगाया—'खलकत खुदा की, हुकुम बादशाह का, राज श्रीमंत रानी साहिबा का।' किसी तरह स्टार्क फोर्ट में जब बागियों ने फिरंगियों की मार-काट शुरू कर दी, तब वे चारों तरफ मदद की गुहार लगा रहे थे। लाचार होकर रानी की खिदमत में हाजिर होकर औरतों बच्चों की हिफाजत की भीख माँगी। जिनके द्वारा रानी को तबाही दी गई, उनकी औरतों

और बच्चों की हिफाजत का उन्होंने जिम्मा लिया। एक और वाकया जाँबाज बहादुर गुलाम गौस खाँ का, जो घनगरज तोप से अंग्रेजों को बेमौत मार रहा था। एकाएक रानी ने पहरे पर गश्त करते हुए देखा कि अंग्रेज धड़ाधड़ गोले बरसा रहे हैं और गौस खाँ चुपचाप बैठा है। वजह पूछने पर उसने कहा कि हुजूर, मेरी तोप की जद में भगवान् श्रीराम का मंदिर है, मैं गोला चलाता हूँ तो मंदिर टूट सकता है। जवाब में रानी ने कहा कि गौस खाँ, तुम तोप चलाओ। मंदिर टूटेगा तो मैं सोने का बनवा दूँगी। पर तुम चले जाओगे तो तुम जैसा बहादुर कहाँ से लाऊँगी।

रानी से जब अंग्रेज अफसर ने कहा कि झाँसी अंग्रेज हुकूमत में मिला ली गई है। तब उन्होंने सिंहनी की भाँति दहाड़ते हुए कहा,'मैं अपनी झाँसी नहीं दूँगी।' गौरों के प्रति उनमें रोष था। उन्होंने अपने साथियों से कह रखा था कि जिंदा तो बड़ी बात, मेरी मृत देह भी गोरों के हाथ न लग पाए। बाबा गंगादास, गुल मोहम्मद, रघुनाथ व देशमुख और रामचंद्र राव ने रानी की अभिलाषा की मूर्त रूप दिया। यह ग्वालियर की खुशनसीबी है कि रानी ने अपने नाम के साथ जाते-जाते ग्वालियर का भी नाम इतिहास में लिखवा दिया। ग्वालियर उनका चिरऋणी है।

इस पुनीत अवसर पर महारानी लक्ष्मीबाई के साथ तात्या टोपे, नाना साहब पेशवा और अनेक नर-नारी थे, जो इस अभूतपूर्व स्वातंत्र्य समर के अमर योद्धा थे। कृतज्ञ भारत का उनको कोटि-कोटि नमन!

□

राष्ट्र के तेजस्वी सपूत बाबू सुभाष चंद्र बोस

पराधीन भारत के अनेक स्वनामधन्य आदरणीय महापुरुषों ने अंग्रेजों की हुकूमत हटाने के लिए प्राणपण से पराक्रम कर अपना योगदान-बलिदान देकर भारत को स्वाधीन कराया, किंतु महात्मा गांधी, पं. नेहरू एवं नेताजी बाबू सुभाष चंद्र बोस ने अपनी अनुपम राष्ट्रभक्ति की देश में नहीं, दुनिया भर में कीर्ति ध्वजा फहराई।

बाबू सुभाष चंद्र बोस तब के ही नहीं, अब के भारतवर्ष के देशभक्तों के भी आदर्श हैं। भारतवर्ष उनके साहस, त्याग और शौर्य को कभी नहीं भुला सकता। राष्ट्रभक्ति उनके दिलोदिमाग में किस कदर कूट-कूट कर भरी हुई थी, उन्होंने इसका ज्वलंत प्रमाण अपनी मात्र 23 वर्ष की अल्पायु में तब के ही नहीं, अब के (आई.ए.एस.) अत्यंत प्रतिष्ठापूर्ण पद की परीक्षा आई.सी.एस. (आई.ए.एस.) को अपने पिता की अभिलाषा को पूर्ण करने के लिए देकर पीड़ित भारतमाता को योग्य सम्मान देने की तीव्र लालसा में ठोकर मार कर दी। उनके इस कारनामे ने देश और हुकूमत दोनों को चौंका दिया। यह 84 वर्ष पहले की बात है। कल्पना कीजिए, आज जब दुनिया के साथ-साथ भारत ने हर क्षेत्र में पर्याप्त प्रगति कर ली है, तब भी आज के वातावरण में आई.ए.एस. की परीक्षा उत्तीर्ण कर लेने पर उस नौजवान से संबंधित वातावरण में प्रसन्नता का पारावार नहीं रहता है, तब इस आकाश कुसुमवत् उपलब्धि को ठोकर मारना कितना बहादुराना कौतुक रहा होगा। भारत माँ की सेवा का

उनका यह पहला श्रेष्ठ उदाहरण था। ऐसा आदर और आकर्षण छोड़ देना सचमुच बेमिसाल नजीर थी, यह उनके मन में राष्ट्रभक्ति के उमड़ते भूचाल का प्रकटीकरण था। कलकत्ता के जाग्रत् समाज ने उन्हें सिर-आँखों पर बैठाया। सन् 1921-22 में ही देशबंधु चितरंजन दास के साथ आजादी की लड़ाई में गिरफ्तार हुए, सन् 24 में कलकत्ता नगर निगम के मुख्य कार्यकारी अधिकारी बने और 33 वर्ष की उम्र में कलकत्ता के मेयर बने।

स्वातंत्र्य समर के दुर्गम पथ पर गिरफ्तारियों की मार झेलते हुए 1938 में कांग्रेस के अध्यक्ष बने। 41 वर्ष की अवस्था में वे सकल भारतवर्ष के नेता थे। भारत के साधारण ही नहीं, असाधारण राष्ट्रभक्त भी उनके कार्य-कौशल पर मंत्रमुग्ध थे। बाबू सुभाष चंद्र बोस का जादू ऐसा सिर चढ़कर बोल रहा था कि समूचे भारतवर्ष के हृदय सम्राट् महात्मा गांधी की इच्छा के विपरीत 1939 में पुनः कांग्रेस ने उन्हें कांग्रेस अध्यक्ष चुना। आखिर में महात्मा गांधी को भी सार्वजनिक रूप से कहना पड़ा, यह मेरी व्यक्तिगत पराजय है। यद्यपि नेताजी ने गांधीजी के देश पर गहरे असर को देखते हुए मतभेद के चलते अपना पद छोड़ दिया। अपने पूर्व के अध्यक्षीय कार्यकाल 1938 में उन्होंने अपने भाषण में कहा कि हर साम्राज्य अपने स्थायित्व के लिए 'फूट डालो, शासन करो' की नीति अपनाता है, किंतु अंग्रेजी हुकूमत इसमें ज्यादा चतुर है। इसी नीति के कारण आयरलैंड को सत्ता मिलने के पहले ही अलस्टर से अलग होना पड़ा। यहूदियों से अरबों को अलग कर फिलीस्तीनियों को आजाद किया जाएगा और यही प्रयोग हमारे ऊपर अंग्रेज लागू कर रहे हैं। अहिंसा और गांधीजी के प्रति भी उन्होंने अपने भाव व्यक्त किए थे। मैं सत्याग्रह अथवा व्यापक अर्थों में अहिंसापूर्ण असहयोग में हमेशा से आस्था रखता हूँ। देश को आजाद होने के बाद कांग्रेस की उपयोगिता पर महात्मा गांधी का हवाला देकर कांग्रेस के विरोधी अनेक अनर्गल प्रलाप करते हैं, किंतु उन्होंने बाबू सुभाष चंद्र बोस को समझना-पढ़ना होगा। उन्होंने ही कहा कि स्वाधीनता के बाद कांग्रेस का उद्देश्य पूर्ण हो चुका होगा, इसलिए उसे समाप्त कर देना चाहिए, यह धारणा बिल्कुल गलत है। जो दल आजादी हासिल करेगा, उसे ही युद्धोत्तर पुनर्निर्माण

के समस्त कार्य पूरे करने होंगे, जिनका आजादी दिलाने में कोई हाथ नहीं है। यदि उनको भारत सौंपा गया तो उनमें वह शक्ति, आत्मविश्वास और आदर्श नहीं होगा, जो क्रांतिकारी पुनर्निर्माण के लिए जरूरी है। अपने कार्यकाल में उन्होंने राष्ट्रीय योजना की समिति की नियुक्ति की। उनका कहना था कि आर्थिक समस्याओं को हल करने के लिए केवल कृषि में ही क्रांतिकारी सुधार काफी नहीं है, औद्योगिक विकास की व्यापक योजना भी अनिवार्य है। जनसंख्या पर प्रतिबंध, जमींदारी उन्मूलन देहातों में कर्ज के भार को समाप्त करना, सस्ती दर पर कर्जे दिलाना, कृषि को वैज्ञानिक आधार देकर उत्पादन बढ़ाना उनकी योजना में शामिल थे। समृद्ध और शिक्षित भारत उनका सपना था। दूसरे सत्र में अध्यक्ष बनने पर मतभेद के चलते उन्होंने पद छोड़कर दूसरा रास्ता चुना। उनका मानना था कि अनेक आजादी की लड़ाइयों के अध्ययन से यह स्पष्ट होता है कि बिना फौजी मुकाबले के आजादी हासिल नहीं हो सकती, इसीलिए एक मुकम्मल फौज की जरूरत है। उन्होंने आजाद हिंद फौज की स्थापना की। यही नहीं, आखिर में उन्होंने आजाद हिंद, स्वाधीन भारत की सरकार 21 अक्तूबर, 1943 को गठित की। इस सरकार ने ब्रिटेन और अमेरिका से युद्ध की घोषणा की। जर्मन, जापान तथा उनके समर्थक देशों ने इस सरकार को मान्यता दे दी।

तीव्र मतभेद के उपरांत भी गांधीजी के प्रति उनके मन में बेहद इज्जत थी। 6 जुलाई, 44 को नेताजी ने आजाद हिंद रेडियो पर बोलते हुए गांधीजी को राष्ट्रपिता कहते हुए कहा कि भारत की स्वाधीनता का आखिरी युद्ध शुरू हो चुका है। राष्ट्रपिता भारत की मुक्ति के इस पवित्र युद्ध में हम आपका आशीर्वाद और शुभकामनाएँ चाहते हैं। महात्मा गांधी को राष्ट्रपिता कहकर उन्होंने उनके प्रति अपना आदर देश में ही नहीं, विश्व में भी स्पष्ट किया।

आजाद हिंद फौज की असफलता के बाद उन देशभक्तों पर लाल किले में स्पेशल अदालत लगाकर मुकदमे चलाए गए। तीव्र मतभेद के उपरांत भी गांधीजी के अनुयायी पं. नेहरू, डॉ. काटजू, सप्रू साहब एवं आसफ अली आदि देशसेवक सर मूलाभाई देसाई की अगुवाई में अंग्रेजों की उनकी कठोर

सजा दिलाई जाने की तजवीज के विरुद्ध वे खड़े थे। कांग्रेस ने 'आजाद हिंद फौज बचाओ समिति' का गठन किया, उनके सहयोग के लिए 'आजाद हिंद फौज' राहत एवं जाँच समिति बनाई। नेताजी के प्रति भारतवासियों के मन में गहरी आस्था थी। समूचा भारतवर्ष उन वीर सेनानियों की सहायता के लिए खड़ा था।

नेताजी का सिद्धांत था। जैसे को तैसा। 'तुम मुझे खून दो, मैं तुम्हें आजादी दूँगा।' मात्र 48 वर्ष की आयु में वह हमसे संदिग्ध हवाई दुर्घटना में छीन लिये गए। यह देश का कठोर दुर्भाग्य ही है कि उनके सपनों का भारत स्वातंत्र्योपरांत उनके मार्गदर्शन, उनके आशीर्वाद से कृतार्थ न हो सका।

□□□